魅丽文化　花火工作室

九先生 著

九块钱

Jiu Kuai Qien

百花洲文艺出版社
BAIHUAZHOU LITERATURE AND ART PUBLISHING HOUSE

图书在版编目（CIP）数据

九块钱 / 九先生著 . — 南昌：百花洲文艺出版社，
2020.11
　ISBN 978-7-5500-3824-0

　Ⅰ . ①九… Ⅱ . ①九… Ⅲ . ①短篇小说－小说集－中
国－当代 Ⅳ . ① I247.7

中国版本图书馆 CIP 数据核字（2020）第 171194 号

九块钱
九先生 著

责任编辑	蔡央扬
特约编辑	吴小波　唐　慧
封面设计	刘芳英
出版发行	百花洲文艺出版社
社　　址	南昌市红谷滩新区世贸路 898 号博能中心 A 座 20 楼
邮　　编	330038
经　　销	全国新华书店
印　　刷	湖南天闻新华印务有限公司
开　　本	787mm × 1092mm　1/32　印张　9
版　　次	2020 年 11 月第 1 版第 1 次印刷
字　　数	152 千字
书　　号	ISBN 978-7-5500-3824-0
定　　价	39.80 元

赣版权登字：05-2020-140

网址 http://www.bhzwy.com
图书若有印装错误，影响阅读，可向承印厂联系调换。

目 录

CONTENTS

懂你的奇奇怪怪，
也陪你可可爱爱

第一章

听说暗恋是草莓味的（暗恋是炎炎夏日里的去冰三分糖，是喝到最后酸酸甜甜的草莓颗粒）

我也想做"傻白甜"

01

学霸的爱情是什么样的？

季嫣不知道。她确实是个学霸，但是从来没遇到过爱情。

从小到大，她每次考试都是年级前十，作业按时上交，比赛大奖拿到手软……别人家的孩子，说的就是她。

她也想做个"傻白甜"啊，可是条件不允许，谁让她生来就是块学习的料呢！

不过最近，季嫣这棵铁树也开了花了，她看上了隔壁数学系的系草。

要说外貌，季嫣虽然不是倾国倾城，但是一眼看去也是一只清纯小白兔，绝对不会丢分。

室友都说，季嫣长成这个样子，却是个十项全能的学霸，真是披着羊皮的狼。

没办法，她的学识渊博虽然让老师喜欢，但是确

实激不起男生的保护欲啊。

为此，季嫣告白的时候，特意穿了一身连衣裙，而且反复叮嘱自己，不要暴露学霸的身份。

季嫣的计划是这样的，拿着一道高数题过去问一下自己的男神，之后再顺理成章聊几句，递过去一封情书。

可是计划赶不上变化。

"同学，听说你学习很厉害，这一道题方便指导一下吗？"

"我不和蠢货交朋友。"

这是不按套路来啊，按照偶像剧的情节来说，他不应该是保护欲爆棚，然后开启辅导模式吗？

气得季嫣直接坐在了他对面，然后拿起笔就把题一口气全解了出来，顺便还附赠了另外两种解法。

写完她就后悔了——这下，"傻白甜"人设彻底崩了。

02

季嫣火了，原因是校园论坛上，系草沈易公开向她发起了挑战。

室友："哇，季嫣你好棒，经过你的告白，你男神成功成为你的敌人了。"

正在刷牙的季嫣差点一口老血吐出来。

她上次做完题就走了，根本没有告白，倒是那些

验算纸留在了沈易那里。

季嫣看了一下帖子的内容。

"找这几张验算纸的主人，我要向她挑战。"

灰姑娘丢了水晶鞋，她丢了验算纸，看来还真的就是没有"傻白甜"的命。

转眼，室友竟然已经回了帖了："她是我室友，叫季嫣，化学系三班的班长，是个数学天才，她一定接受挑战。"

季嫣无语。

好的，完美，现在她的"傻白甜"人设算是崩得渣都不剩了。

于是，季嫣就这么踏上了这条迎接挑战的不归路。

她先是做出了男神出的数学题，后又被迫出了题给男神。

这下，告白的事情耽误了，围观的人越来越多，光是跟帖的就有几千人了。季嫣还有了个称号：数学灭霸。

这听起来，可真不是个傻白甜该有的名字。

还有很多人开始猜测季嫣的长相。

甲："应该是个肥宅，戴着黑框眼镜的那种，而且说不定还有牙套，保守估计八十公斤以上。"

乙："深表赞同。"

…………

季嫣无语。

03

几个回合下来，差不多整个学校都知道化学系有个"数学灭霸"了，而且关于"灭霸"的长相越传越离谱。

季嫣真后悔自己当初的举动，现在不光在沈易那里做不成"傻白甜"，在全校男生面前自己的人设也都变成数学女超人了。

不愧是她，干得漂亮。

季嫣正在走神，却突然收到了一条贴吧私信。

沈易："昨天发给你的题做出来了吗？"

季嫣把早就编辑好的文档发了过去。

沈易："好，愿赌服输，我请你吃小蛋糕。"

季嫣回复了两个问号。

沈易抛过来了一张截图，上面是他昨天在贴吧上抛题目的时候，一个热评的内容。

数学灭霸铁粉："你光给我们霸霸出题，也不给回报，灭霸做出来了，你请吃个小蛋糕也好啊。"

下面一行小字是沈易的回复："好的。"

这她倒真是没注意到，但是男神请她吃小蛋糕，不去白不去。

"十三号，起来说一下这道题的标准答案，刚

才让你们记的。"老师突然点名，偏偏十三号就是季嫣。

季嫣前半程全在走神，连听都没听。

但是好在题目不难，她看了一遍就直接说了全过程。

"很好，这就是我刚才讲的标准答案，请坐。"

季嫣长松了一口气，一转头竟然看到了教室外面的身影。

沈易？他刚才是站在教室外面给自己发的信息？

她再低头一看，沈易又来了消息："刚才表现得真好。"

一下课，季嫣就冲了出去。室友看到沈易，不怀好意地挑了挑眉，然后笑着离开了。

季嫣整理了一下自己的头发："又见面了。"

沈易："你的小蛋糕。"说完，他递过来一个盒子。

季嫣接了过来，好奇地问道："你发消息的时候已经在门外了啊，那我要是没有做出来怎么办？"

沈易没有回答，但是看了一眼旁边的垃圾桶。

"哦。"

04

季嫣回到宿舍的时候已经是十点多了，室友立刻围了上来。

"说，去哪儿约会了？"

"没有，我们去做题了。"季嫣汗颜。

"胡说，沈易朋友圈都发了照片了，朋友聚会，你明明也在。"室友打开手机，上面显示着沈易发的朋友圈，附带着一张 KTV 的照片，而角落里坐着的正是季嫣。

季嫣语塞。

确实，她跟着沈易去了朋友聚会，可是她一到地方，就被他安排坐在了角落里。

朋友劝酒，沈易抛下一句："小朋友不能喝酒，她还有数学题没做完。"然后他就扔下了一套新的高数题给季嫣。

她虽然不想承认，但是她确实在 KTV 里做了一晚上的题。

"你看着沈大男神做了一晚上题？你这和抱着泳装美女念经有什么区别？"

季嫣语塞。

确实没区别，但是这经也不是她想念的啊。

做题做到腰酸腿疼，季嫣索性直接上床准备休息了，可是刚刚闭眼就听到了手机的消息提示音。

她打开手机就看到了沈易发来的消息："刚才有个朋友找我要你的微信，给不给？"

季嫣有些敷衍，直接发了一道自己正在研究的高数题过去："做完这道题，才有资格作为男朋友备选。"

发完消息，季嫣直接睡了过去。

她对那个男的一点兴趣没有，倒是对沈易有兴趣，只可惜一切似乎都不在她的计划之内。

05

季嫣又火了一把，原因是一个不知名的贴吧小号上传了一个她回答老师问题的视频，就是沈易送小蛋糕的那天。

配文是："数学灭霸竟然是个'小萝莉'！全程不听课，却直接讲出标准答案，简直就是女神。"

贴吧爆了，都在说季嫣是女神。

她不怎么感兴趣，点开了沈易的贴吧，却发现他今天没有发数学题。

难道是兴趣过了？

也是，男人都喜欢傻傻的小白兔，哪有人喜欢聪明的狐狸？

季嫣失落了一会儿，继续埋头学习了。

谁知道傍晚的时候，那个播放量破十万的视频突然被删掉了，沈易也传过来了一个文档。

季嫣点开，竟然是昨晚自己发给他的那道数学题。

季嫣："这是你朋友做的？"

沈易："我做的。"

沈易："你不是说，做出了这道题就有资格做你

男朋友吗？"

季嫣无语。

等等，他的意思是……

季嫣："你消失一整天就是去做这道题了？"

沈易："嗯。"

她……被男神告白了？

06

学霸的爱情是什么样的？

大概就是沈易和季嫣吧。

A大都知道这对神仙情侣，别人熬夜复习，他们一起看电影、打游戏，结果还各自拿了自己系里的一等奖学金。

毕业之后两个人都考上了国外大学的研究生，还顺带拿走了国内数学竞赛的两个特等奖名额。

时隔多年，贴吧里有人挖出来，当初那个曝光季嫣视频的贴吧号就是沈易的小号。

为此，季嫣也问了沈易。

沈易说："没错，是我。"

"那你为什么又删掉了？"

"那么多人喊你女神，我吃醋了。"

图谋不轨和没安好心

01

宋惠子对一个修电脑的一见钟情了。

虽然他们第一次见面的时候，宋惠子嘴边还有牙膏沫，但是这并不妨碍她对门外的那个男人怦然心动。

于是，短短一个星期，她家的电脑就坏了四次。

第五次的时候，黎言看着又坏掉的电脑，嘴角抽搐："你把它泡在水里，它又不是潜水艇，不坏才怪了。"

宋惠子尴尬地笑了一下。

她这些天已经把能染上病毒的网站全都登一遍了，可是黎言将病毒防护做得太好，怎么都不会死机，实在没有办法了，只能简单粗暴地让它坏掉。

毕竟只有电脑坏掉她才能再见到黎言。

"吃个饭再走吧，我都做好了。"

"不用了。"

黎言站起身，拎着修理包，转身朝着门外走去。

宋惠子叹气。

虽然这个男人的长相真的很极品，可是就是性子太冷淡了，无论怎么撩都无动于衷。这几天她都做好了满桌子的饭菜，在他旁边端茶送水，可是人家就是没什么反应。

宋惠子朝门口挥挥手："下次再来啊。"

黎言皱了一下眉头，转身："下次你还是让它中病毒吧，泡水里太难修了。"

宋惠子一时语塞。

02

"小宋老师，我长大了一定要娶你，因为你是我见过的最漂亮的老师。"小糖豆坐在宋惠子的怀里说。

她轻轻搓了搓小糖豆的脸蛋："不行哦，老师有喜欢的人了。"

宋惠子的心里浮现出黎言那张冰块脸。

小糖豆的嘴巴撇了一下，眼睛竟然开始湿润。

宋惠子作为一个幼儿园老师，最见不得小孩子哭了，一下子心就软了，擦了擦他的眼泪："好好好，老师答应你。"

"拉钩上吊，一百年不许变。"小糖豆一下就笑了出来。

"那现在先放学啦，今天还是爸爸来接你吗？"宋惠子牵着小糖豆的手，把他送到幼儿园门口。

小糖豆指了一下幼儿园门口的一个背影："今天是舅舅来接我啦。"

宋惠子抬头看了一下。是他？这也太巧了吧！

"小糖豆，老师和你商量一件事，这周末来老师家里玩好不好？"宋惠子突然温柔起来。

"好呀。"

"要带着舅舅一起来哦。"

小糖豆看了一眼宋惠子，又看了一眼远处的黎言："你骗人，你就是看上我舅舅了！妈妈说舅舅长得好看，很多女生都想接近他，要小糖豆保护好舅舅……"

"老师是想见你啊。"宋惠子心不在焉地哄着小糖豆，牵着他的手走向黎言。

黎言今天穿了一件简单的黑色外套，眸子还是那么平静如水，却有着天然的吸引力。

"那么巧啊，又见面了。"

黎言看了一眼宋惠子，显然是认出来了。

"我怀疑你是知道我是小糖豆的舅舅，所以才来做幼儿园老师的，但是我没有证据。"

宋惠子哑口无言。

03

星期天，门铃果然响了起来。

宋惠子开心地打开门，看到了一大一小两个身影。

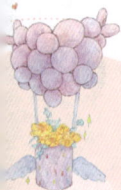

"小糖豆来了呀。"宋惠子蹲下身摸了摸小糖豆的小脑袋。

"他早上哭着闹着要来，而且一定要我陪着，我可以理解为你不知道怎么弄坏你家电脑了吗？"黎言看着宋惠子。

她只能用笑容来掩饰自己的尴尬："快进来、快进来。"

"有个问题我想问一下。"小糖豆做了个举手的动作，小胳膊肉肉的，十分可爱。

"说。"

"老师，你在家里为什么还穿着亮晶晶的小裙子，还抹了小嘴，还有香水味？"

小糖豆一脸认真。

黎言在憋笑。

宋惠子嘴角抽搐。

她一大清早起来打扮自己，为的就是见黎言一面，现在可好，被小糖豆一下子戳穿了。

第六次邀请，黎言总算是在宋惠子家里吃了饭。看着一大桌子的鸡鸭鱼肉，小糖豆和黎言不知道如何下口。

"你……平时就这么吃？"黎言问。

"对……对啊，就是些家常菜。"宋惠子小心翼翼地给黎言夹了一块鱼肉，见他没有拒绝，内心窃喜。

此时的黎言看着桌子上二十多个盘子，又看了看宋惠子那瘦弱的小身板，心想：这饭真的不养膘吗？

宋惠子："不够还有啊。"

黎言："再上菜就是满汉全席了。"

宋惠子语塞。

04

宋惠子发现，小糖豆这个借口可比修电脑要好用多了，而且成本小、风险低，不用花钱，还能见到黎言。

又是周五的晚上，宋惠子喷了一点香水之后，抱着小糖豆到了幼儿园门口，果不其然，黎言已经在门口等着了。

"这个周末小糖豆想不想去游乐场呀？"宋惠子一副诱拐小孩子的嘴脸。

"想呀，想呀。"小糖豆拍手。

一旁的黎言嘴角再次抽搐："这两个月，你已经带小糖豆去了三次游乐场、一次海底世界、两次动漫乐园，而且每次都让他带着我。"

宋惠子挠头，笑了一下。

05

最近宋惠子有些不开心，因为整个城市的游乐园都带着小糖豆去过了，她实在想不出什么地方可

以去了。

"小糖豆，你还有没有什么地方想去呀？"快要放学的时候，宋惠子蹲在小糖豆的旁边。

"没有了。"小糖豆摇摇头。

"再想想。"

"真没有了。"

这时，身后传来了黎言的声音。

"你真是太笨了，那些游乐园我们三个都去过一遍了，小糖豆怎么会想去？"

宋惠子抬头，看到黎言从幼儿园大门门口走到了教室里。

她点点头，眼神里难免带着失落："那好吧，这周就不出门了。"

黎言听到这话微蹙眉："你怎么一点毅力都没有？"

"什么？"

"我们三个人都去过了，可是，我们两个人还没去过。"黎言咳嗽了一下，说了这句话。

"你……"宋惠子眼睛一亮。

小糖豆在旁边，背着小书包，一脸委屈。

他就知道小宋老师对舅舅图谋不轨，而且舅舅也没安好心。

这个月妈妈明明已经不让舅舅来接他了，可是舅舅还一直要来。

"图谋不轨"和"没安好心"是小糖豆新学的成语。
应该没用错吧。

06

黎言和宋惠子结婚的那天，小糖豆做了小花童。
看着小宋老师穿上婚纱，小糖豆一下子哭了出来。
老师说好要嫁给他的，怎么成了他的舅母呢？

玩套圈吗？套中就结婚的那种

01

"再来一局，陪爷爷再来一局。"秦大爷在小区门口的石桌前面这么说着，声音有些激动。

"今天都杀了八局了，您一局也没将军，别玩了。"夏盼坐在石墩上，身后围了一群爷爷级的人，说完这句话，她站起身。

说出来有些令人不可思议，夏盼是个象棋高手。

现在的小年轻一个个都喜欢玩手机、打游戏，哪还有人碰这些东西的。但是夏盼不一样，她不光碰，而且格外痴迷，平时就喜欢和老头老太太一起下象棋。

她平时没事了就拿着小凳子出来，一头栽进爷爷窝里，一来二去，都和爷爷们混熟了。

都说姜还是老的辣，但是夏盼的象棋那可是打遍天下无敌手，这小区里的爷爷，一个也下不过她。

"爷爷，我男朋友来接我了，我得过去了。"夏盼看着停在不远处的车，然后挥挥手走了过去。

那群老年人对象棋是真的有瘾，再怎么输，都想要一直下，特别是秦大伯，又倔又难缠。

"这是你男朋友？"秦大伯看了一眼远处的车。

"对。"夏盼点点头，随后朝着那辆车一路小跑过去，打开车门上了车。

驾驶座上坐的是一个穿着白色衬衫的男人，身上有股淡淡的烟草味，睫毛很长，五官端正。

他叫秦淮，不过，他才不是夏盼的男朋友，而是暗恋对象，兼游泳教练。

说是学游泳，其实是夏盼对人家一见钟情，打听了半天得知他是游泳教练，于是千年的旱鸭子一咬牙去报了私人游泳班，在知道他和自己住一个小区之后，更是死皮赖脸要求他每节课捎上自己。

"你刚才在那儿干什么呢？"秦淮开口。

"和老哥们儿下象棋。"夏盼平时就是大大咧咧的性子，那群大伯们经常说她已经完全融入了他们老哥们儿组合。

"你是我爸的老哥们儿？"秦淮又看了一眼车窗外，满脸疑惑。

一路上，夏盼想着自己临走的时候胡诌的那句"这是我男朋友"，肠子都悔青了。

这下可好了，吹牛吹到"老丈人"头上了。

整整一下午，夏盼都心不在焉，在游泳池喝了不少的水。

"怎么有点心神不宁的，阿姨？"秦淮在旁边突然敲了一下夏盼的头。

"你喊我阿姨？"

"你说你是我爸的老哥们儿，不就是我阿姨？"秦淮一下子笑了出来。

夏盼一脸黑线。

傍晚回到家，夏盼一直沉默，她真怕事情败露。可是怕什么来什么，一会儿，秦淮的电话就打来了。

"过来一趟，11号楼301。"秦淮的声音还是平平淡淡，听不出什么情绪。

"哦。"夏盼哪敢说什么，直接跑去了隔壁楼。

一敲开门，她就看到了秦大伯的身影。

秦大伯围着围裙，拿着锅铲，笑嘻嘻地看着夏盼。

夏盼往屋子里看了一眼，果然看到了坐在沙发上的秦淮。

这下可好，不光要被拆穿，还要被叫过来当面拆穿，真是丢人丢到别人家里来了。

"大伯啊，你听我解释，其实……"

夏盼刚开口，就被屋内的秦淮开口打断："盼盼，还不快进来。"

盼盼……

夏盼惊了，她没听错吧，自己的男神，竟然这么喊自己，而且，还是当着他爸的面？

难不成，秦淮今天脑子里哪根筋搭得不对？

还没等夏盼反应过来，秦淮就直接走到她的旁边，一把把她搂在自己怀里，然后开口介绍："爸，正式介绍一下，这是你儿媳妇。"

夏盼一时恍惚。

她单身了整整二十三年，就在今天，她"脱单"了，而且对象是自己的暗恋对象？

02

秦大伯忙着做饭，夏盼这才好不容易有了和秦淮独处的机会，也总算把事情弄明白了。

众所周知，这个秦大伯是个倔老头，虽然秦淮他妈妈早就去世了，但是一直不愿意再找个老伴，就算和对门姚阿姨情投意合，可是扬言"儿子不找他也不找"，这下可苦了秦淮。

他想要让父亲早点享受夕阳红，可是要从哪里找个女朋友来啊？

他特意找了几个女人冒充，可是这些女人都被秦大伯赶走了，没有别的原因，就是瞧不上。

"这女人哪能配得上我儿子啊，我不要这样的儿媳妇。"他每次都放下这么一句话，就继续嗑瓜子看电视了。

秦淮找的那些女人，丰满、貌美、高学历，可以说是完美，可是这个倔老头就是不满意。

"你的意思是，秦大伯对我很满意？"夏盼怕厨房里的大伯听到，特意放低了声音。

"嗯。"秦淮点了点头，顺便打量了一下眼前这个女人。

单薄得像一张纸，穿宽松的衣服，留着短头发，像个假小子，还总爱学游泳的时候偷偷揩他的油……

嗯，父亲的眼光可真是独特。

夏盼被秦淮盯得有些不自在："你看我干什么？"

"没事。"秦淮嫌弃地移开了视线，"总之，就是先让我爸和姚阿姨的事情成了，你的任务也就完成了，作为报酬，你的游泳学费免了。"

夏盼算是捋清了事情经过。

"来来，儿媳妇、儿子，吃饭了。"秦大伯将最后两盘菜放在了桌子上。

一顿饭，秦大伯算是把夏盼夸了个遍。

"你看看你以前的那些女朋友，一个个花枝招展，一看就不是过日子的样子，而且那香水喷得让我老头子想吐。"

夏盼愣了一下。

这是在夸自己？

秦淮一歪头，凑近夏盼的耳朵说："我翻译一下，他说你又丑又不会打扮。"

夏盼无语。

饭局结束，秦大伯又缠着夏盼，让她陪着自己下了几盘象棋，虽然又是全输，但他还是乐乐呵呵的。

夏盼严重怀疑，他不是在挑儿媳妇，是在挑棋友。

好不容易让秦大伯过了瘾，夏盼刚想站起来离开，谁知道……

"小夏，今天晚上别走了，我懂你们小年轻，刚才我把屋子都收拾好了。"秦大伯笑了一下，抛了个暧昧的眼神。

"好。"夏盼刚想拒绝，一旁看书的秦淮却开口了。

夏盼无语。

"你怎么同意了啊！"夏盼站在秦淮的房间里。

"不同意我爸会怀疑的，他年轻的时候可是警察。"秦淮刚刚从浴室里出来，擦着头发，身上只围了一条浴巾，"你去洗吧。"

夏盼红着脸移开了视线："好。"

"你不用担心我偷看，游泳馆里也都见过，没什么值得我看的。"秦淮扔下这句话，继续低头看书了。

夏盼一脸黑线。

他在说自己没有料？

浴室里，夏盼盯着自己胸前平平的一片，叹了口气。

一晚上，秦淮睡在一侧，夏盼睡在另一侧，秦淮是规规矩矩的，倒是夏盼差点没忍住抱过去，一整个晚上心都在狂跳不止。

　　第二天，夏盼顶着黑眼圈出了屋子，刚巧碰上了正在做早饭的秦大伯。

　　"早啊儿媳妇，一会儿陪爸再杀一盘。"

　　夏盼算是看透了，她早晚要让这对父子折腾死。

03

　　"夏盼，你今天状态可不太好，拍的好几张都糊了，怎么回事？"主编看着夏盼交上来的照片，批评道。

　　"对不起，我一会儿联系模特，再拍一组。"夏盼揉了揉已经开始打架的眼皮。

　　她是个给时尚杂志拍照片的小摄影师，要是因为休息不好被解雇了，那可得不偿失。

　　"算了，一会儿你出个外景，我约了两个模特，你去拍那组吧。"主编拿笔写下了一串地址。

　　夏盼点点头，可是拿到纸条的时候却愣住了。

　　这不是她学游泳的地方吗？这世界上不会有那么巧的事情吧。

　　半小时之后，夏盼看着早上才刚见过的秦淮傻眼了。

"你不是游泳教练吗，怎么成模特了？"夏盼走到秦淮的面前。

"有个人说我很适合拍杂志，说会派人来拍我，给报酬，不接白不接……倒是你，原来你是摄影师啊。"秦淮反问。

夏盼点了点头。

"怪不得偷拍我的时候，姿势很专业。"

夏盼承认，她确实偷拍过几次秦淮，可是他有必要这么直白地说出来吗？

整个拍摄过程还算顺利，直到女模特陈珊妮出现。

"你离男生远一点啊女模特。

"说了远一点远一点，你不知道什么意思吗？

"手别搭在男模特身上！"

夏盼全程大吼大叫。

要是按照以前，她恨不得男模特、女模特粘在一起，可是今天，她看到那个陈珊妮靠近秦淮，就恨不得跑上去把她扒开。

拍到一半，夏盼就已经气到不行了，索性直接说了一句："先吃午饭好了，剩下的一会儿再拍。"

她说完，直接转身去了旁边的桌边，打开自己的那份外卖。

一想到那个女模特把手放在秦淮身上的画面，她就恨得牙痒痒。

"你吃醋了？"身旁突然传来秦淮的声音，夏盼一转头，正好看到身上还带着水珠的他。

该死，自己又脸红了。

"没有。"夏盼否认。

"你的筷子都快把饭盒戳穿了，还没有？"

就在她想找借口否认的时候，秦淮突然又说了一句话，把她堵得没话说："你平时学游泳的时候揎的油可不比她少。"

"你怎么那么……"夏盼承认自己没话讲了，只剩脸红。

"你不就喜欢我这样的？"秦淮的嘴丝毫不饶人，反而还走近了一步，俯下身去。

属于秦淮的淡淡烟草味道突然扑面而来，他那双眼睛也突然凑了过来，甚至让夏盼感觉下一秒他们的嘴唇就要凑到一起了。

如果周围不那么嘈杂，那么现在她的心跳声绝对是全场焦点。

"你吃饭吃到嘴角上了。"秦淮的手指抹了她的嘴角一下，然后站起身，转身走开。

她愣在原地。

秦淮绝对是故意的，她分明看到了他转身时的那抹笑容。

"你和男模特认识？"身后一个修片子的同事突

然冒出头来。

"不认识。"

总不能说，现在自己是他的假女友吧。

"我听说他平时特别高冷，连笑都不笑，今天竟然和你说说笑笑的，我看有点问题。"同事一脸坏笑。

"才没有。"

可是话没说完，下一秒，一个身影走进大家视线。

原来是秦大伯。

秦大伯一只手拎着两个饭盒，另外一只手拎着象棋棋盘，一见到夏盼就立刻招呼道："儿媳妇！"

偏偏这个时候，秦淮对着他喊了一句："爸。"

好了，真香。

"我这不是听秦淮说你们要一起工作，所以我让你姚阿姨做了饭，给你们送来，顺便爸棋瘾上来了，找你杀几局。"秦大伯倒是开心。

听到姚阿姨，夏盼无奈地点了点头。只要他们两个老年人能够好好的，她被同事误会也无所谓了。

她转头看向秦淮，见他吃饭吃得很香，一副没心没肺的样子。

04

做秦淮假女友的几个月，夏盼不知道陪着秦大伯下了多少盘象棋，还被姚阿姨喂胖了好几斤。

而秦淮依旧毒舌。

"我看我爸越来越喜欢你了。"

"是吗？"

"对啊，我爸喜欢胖的，你越来越胖了。"

夏盼总是被秦淮呛得一句话都说不出来，只能暗暗在心里骂回去。

而她的游泳课程也似乎有了些变化。

原本是她时不时调戏一下他，现在熟悉了，没脸没皮的人变成了秦淮。

"你这些天也不偷拍我了？"

夏盼语塞，一天早上见，晚上见，中午还见，还偷拍？

最让她庆幸的是，秦大伯和姚阿姨终于准备结婚了，他们在小区里发了不少喜帖，还准备找个酒店小办一场。

这场谎言的目的达到了，而夏盼也准备和秦大伯坦白了。

虽然和秦淮待一起很开心，可是终究也不是个办法，而且她总觉得这样欺骗秦大伯是件很不好的事情。

夏盼连着好几天没有去秦大伯家里，果然他打来了电话。

"最近怎么不来爸家里了？"

"我们分手了。"夏盼还是没忍心说出真相，直接抛下了这么一句。

说完，她就挂掉了电话，闷头进了被子里。

不属于自己的终究还是不属于自己。

05

转眼一个星期过去了，秦淮也没有再找夏盼，更没有问她为什么突然对秦大伯坦白。

夏盼也不知道自己是怎么想的，她内心隐隐希望秦淮能够过来问上一两句，或许他们还有别的结局。

她倒还继续和秦大伯他们下象棋，只不过不怎么提秦淮的事情了。

周末的时候，秦大伯突然打电话过来把夏盼从美梦中吵醒。

"快下楼，我们几个老头子给你准备了一个惊喜。"

夏盼皱着眉头简单收拾了一下，这才走下楼去。

谁知道一下去，就看到单元楼门口站了许多爷爷奶奶，而地上摆了一小片大小不一的名片，都是反着放的，看不到上面的内容。

"你不是和秦老头家的儿子分手了嘛，为了报答你天天带着我们下象棋，我们给你准备了一个套圈。"李奶奶最兴奋，站出来说。

"什么套圈？"问完这句话，夏盼的手里已经被塞了一个用钢丝拧成的套圈了。

"这些都是爷爷奶奶们的儿子或孙子的名片，套到哪个，哪个就是你的。"

夏盼愣怔在原地，整个人傻眼了都。

有这么好的事情？看来自己平时的象棋还真不是白下的。

看到周围的人兴致都很高，夏盼也不好意思扫兴，直接扔出了套圈，套中了比较靠前的那张名片。

李奶奶走过去，然后翻了过来。

"秦淮。"李奶奶眯着眼睛读着。

还有这么巧的事情？

接下来，夏盼就被莫名其妙地带回了秦大伯的家里，然后，她就见到了许久未见的秦淮。

"我……套圈套到你了。"夏盼自己也不相信这种缘分。

"既然套到了，那就是缘分，两个人复合吧。"秦大伯在一旁撮合着。

夏盼刚想解释，却听到秦淮开了口。

"那就复合吧。"

她为什么突然觉得，事情有哪里不对？

06

后来，秦大伯的喜宴是两对新人一起办的。

夏盼在梳妆的时候，秦大伯突然跑来化妆间，然后塞给了她一堆名片。

她看着手里大小不一的名片，依稀记得是当初套圈的那些。

她翻开一看。

虽然每张名片都不一样，但是每张上面都写着秦淮的名字。

"果然是套路，姜还是老的辣啊。"夏盼哭笑不得。

"这次辣的不是我，是那块新姜。"秦大伯眉头一挑，看向不远处在打西服领带的秦淮。

夏盼意识到了什么。

也就是说，当时那场套圈，是秦淮安排的？

07

多年后，秦淮和夏盼带着孩子去公园玩。

到了套圈的摊子前，孩子闹着要玩。

夏盼无奈一笑："玩吧玩吧，你爸爸就是妈妈套圈套来的。"

第二章

听说相逢是巧克力味的（相逢是巧克力礼盒里千奇百怪的甜味，你永远不知道下一口的夹心会不会让你心神荡漾）

不爱泡面爱泡你

01

王艺璇摊上大麻烦了，事情还要从网课说起。

她明明已经是大学生了，可是偏偏因为有个多事的教授开学之后要出国演讲，所以硬生生把几节课提前到暑假来上。

直播课要求大家早上七点就爬起来签到，这实在太为难人了，谁能顶得住呢？

六点五十八分，王艺璇从床上爬起来坐到电脑前。

六点五十九分，她打开方便面盒，挤入调料包，倒了水。

七点，她用甜美的声音在群里语音签到，然后下一秒低头疯狂吃泡面，头发还掉到了汤里。

七点四十一分，王艺璇吃饱了，实在很困，索性直接趴在电脑前睡了一觉。

八点半她醒了，也下课了，她抬头看到了屏幕上正在说话的教授。

"忘记告诉大家，这次网课的助教，会在后台全程监督你们上课，你们坐在电脑前的画面他都看得一清二楚。"

王艺璇顶着一头乱糟糟的头发，如同五雷轰顶。

助教？

她心虚地看了一眼自己周围堆满的零食包装，还有泡面碗……再抬头的时候，她的屏幕已经切换成了助教的页面。

王艺璇彻底愣住了。

老天爷对她可真是"好"，不光让她在助教面前把脸丢得一干二净，还是个这么帅的助教？

王艺璇立刻开始在班级群里诉苦。

王艺璇："完蛋了姐妹们，他竟然能看到我这边的画面，我完蛋了，我吃了点东西。"

同学甲："心疼你一秒。"

同学乙："你吃啥了？"

邓助教："一碗牛肉泡面、一根火腿肠、两包薯片、三个果冻、一杯牛奶……"

王艺璇无语。

同学甲："助教上课的时候就加入班级群了，你不知道吗？"

邓助教："她睡着了。"

王艺璇心想：这下好了，我彻底完蛋了。

王艺璇十分心虚地点开了助教的对话框，想了半天还是发了消息过去："你都看得到？"

邓助教："我特意把你的画面调成了大屏看的，笑得我合不拢嘴……哦还有，你嘴角有薯片渣，建议擦一下。"

还特意调成了大屏？

王艺璇握紧了拳头，虽然这个助教确实长得很帅，但这说话的语气也太欠揍了吧。

王艺璇索性直奔主题："求你别告诉教授，只要不扣我平时分，怎么都行。"

她发完这句话，就见对方"正在输入"了一会儿。

邓助教："下次你吃东西的时候给我搞个录播吧，实话说，我有些轻微的厌食症，但是看了你吃东西之后胃口大开。"

王艺璇看了一眼镜子里的自己，一身粉红色凯蒂猫的睡衣，头发神似梅超风，连脸都没洗。

这个助教口味还真是挺独特的。

王艺璇："只要我给你录播，你就不会把这件事告诉教授？"

邓助教："看我心情，但是你要是不同意，我现在就会去告诉他。"

王艺璇眯起眼睛，这个人可真是阴险。

02

为了"赎罪"，王艺璇每天吃饭的时候都会打开视频和邓助教通话。

每次他同她视频的时候，都像看喜剧片一样，王艺璇就不懂了，看自己吃饭就这么开心？

而且，这个邓助教高高壮壮的，无论怎么看也不像是有厌食症的人啊。

"我说，你真的有厌食症？"王艺璇眼睁睁地看着他吃下了一大碗米饭加一个鸡腿。

"嗯。"邓助教又夹了一块肉放在自己碗里。

王艺璇无语。

这个邓助教叫邓峰，看起来和她也差不多大，笑起来真挺好看的，就是嘴太损了，让王艺璇每天都很无奈。

邓峰："都说胖的人吃东西很香，看起来是真的。"

王艺璇一时语塞。

邓峰："你上网课那天好像没刷牙。"

王艺璇直想翻白眼。那句话怎么说来着，哪壶不开提哪壶，邓峰就是这种"钢铁直男"。

都说一时的忍耐是为了痛快还击，很快，王艺璇

的机会来了。

教授的课是健康传播，为了让学生真的能够运动起来，他想出了一个办法：让学生们在一个短视频软件上拍下自己练习八段锦的视频然后上传，每天打卡。

王艺璇灵机一动，发了条信息："教授，我们姿势不标准，建议让助教先录个视频，然后我们跟着学。"

这个建议被教授采纳了。

王艺璇笑着想象邓峰在对面无奈的神色。

第二天一大早，邓峰的视频就上传了。

他穿着一身灰色睡衣，一本正经地做着八段锦。

不得不说，有颜就是任性，就算他穿着睡衣，竟然也有些养眼。

王艺璇托腮看了半天，然后默默点了举报的按键。

半小时后，举报成功。

王艺璇幸灾乐祸地跑去"安慰"邓峰："邓助教，有人把你举报了。真是不幸，原本我想好好锻炼身体的，这下没机会了。"

邓峰："你举报的时候没有开匿名，王艺璇同学。"

王艺璇愣了。

这个梁子两个人算是结下了。

03

漫长的暑假总算是结束了，但是王艺璇没想到，一开学就再次见到了邓助教。

开学第一天，为了减肥，王艺璇在食堂角落里默默吃着一个素包子，可是面前的桌子上突然出现一片阴影，抬头一看，竟然是邓峰。

"班助？"王艺璇第一次和邓峰真实面对面，他看起来比在视频里还好看几分，那双眼睛里目光微微闪烁，好像会说话。

邓峰直接把三个肉包放在了她面前："怎么突然变成小鸟胃了，你在家不是很能吃吗？"

王艺璇连忙做"嘘"的动作，可是周围的同学还是用奇怪的眼神看向他们这边了。

"果然，还是看你吃我比较有胃口。"一顿饭下来，邓峰是饱了，王艺璇也快被旁边的同学在身上盯出个洞来了。他起身离开，旁边的同学立刻围了过来。

"你和邓学长什么关系啊，他为什么说什么在家里？我都听到了，快说。"

王艺璇认识这个女生，她是学校啦啦队的队长，也是大自己两级的学姐，看起来，她好像对邓峰很感兴趣。

"他不是班助吗？"

"班助？他是邓峰，我同级的男神，但是前两年在国外做交换生，这个学期刚刚回来而已……"

王艺璇听得目瞪口呆，他也是学生？

学姐详细介绍了一遍邓峰的资料：男，天秤座，校篮球队的前锋，也是学校教健康传播课程的教授的儿子，性格开朗，却很少接近女生，所以刚才他主动坐到了王艺璇的对面，所有人都感到奇怪。

"学姐，那你知道邓峰学长有厌食症吗？"王艺璇小心翼翼地问。

"没啊，邓峰胃口一向很好，哪有什么厌食症？

王艺璇无语。

自己果然还是被耍了。

都说冤家路窄，王艺璇中午吃完饭和室友一起去操场散步又看到了邓峰，这次的他穿着一身篮球服，抱着篮球，在球场正中央站着。

室友碰了碰王艺璇："那不就是被你举报的助教吗？"王艺璇皱起眉头，直接走了上去。

这下她要新账旧账一起算。

谁知道她刚刚走到邓峰的面前，他竟然伸手直接把王艺璇手中的矿泉水拿过去，还笑得一脸灿烂："谢谢小王同学。"之后转身直接跑回球场了。王艺璇那

瓶水是准备散完步自己喝的，现在……她还想说什么，可是再看过去的时候，就见水已经被打开了。

惹不起，躲得起，王艺璇气呼呼地转身回了宿舍。

"邓峰，你可是从来不喝女生递过来的水的，这次怎么着，是女朋友？"一个高个子的男生看着王艺璇的背影，打趣道。

"太热情了，没办法。"邓峰笑了一下，把水放在了自己书包旁边。

04

晚上回到宿舍，王艺璇想着邓峰的嘴脸，肚子里还憋着一股气，索性打开朋友圈刷了刷动态。

谁知竟然看到了啦啦队学姐发的动态："今日份开心。"配图是邓峰笑着看着学姐的画面。

篮球场，一个篮球前锋，一个啦啦队队长，阳光这么一晒，简直就是天造地设的一对。刚才那股气一下子就消失了，取而代之的是一种说不上来的感觉。偏偏这个时候，邓峰发来了微信。

邓猪："干什么呢？"

王艺璇："准备睡觉。"

邓猪："那为什么还不睡？"

王艺璇："室友都在和男朋友打电话，我过会儿

就睡。"

手机突然响了，王艺璇一看，竟然是邓峰打来的。

"喂，你干什么？"王艺璇接通，邓峰的声音从那头传来，"我在泡方便面。"

"所以呢，你打电话干什么？"

"我觉得你泡的面好像很好吃，问一下泡法。"

王艺璇一时语塞。

半个小时后，电话总算是挂断了，王艺璇刚准备睡觉，就看到了室友一脸暧昧地看着自己。

室友："你可是从来不打电话的，交男朋友了吗？"

王艺璇无奈地摇了摇头。谁能想到，她大半夜打电话是教邓峰怎么泡方便面呢？

而且，教一天就算了，第二天晚上他竟然又打来了电话。

"泡面怎么泡啊？"

"我昨天不是教过你了？"

"昨天那是酸菜味泡面，今天是牛肉味……"

王艺璇无语。

05

学校啦啦队最近在排练节目，为的是几天后的篮球赛。这下，王艺璇必须每天和邓峰见面了，同时见

面的，还有学姐。

"邓峰，你看看我们的舞蹈还有什么问题？"学姐每次看到邓峰都笑得格外开心。

王艺璇站在队伍正中央，拉了一下自己的衣服。这次活动倒是盛大，这舞蹈她们也排了好几天，就是这服装稍微有点短，弄得她总得时不时拽一拽。

"有一个大问题。"邓峰开口，拉拉队大部分女生都把目光投了过去，眼神里都写着"花痴"两个字。

王艺璇注意到，今天的邓峰似乎有些不开心。

"第三排第五个，她跳得太差，刷掉好了。"

王艺璇默默数了一下，一、二、三、四、五……

第五个就是自己？他这是赤裸裸地公报私仇啊。王艺璇这个暴脾气，直接站了出去："你做什么？我们之间是有些误会，但是你也不能这样啊。"

邓峰看着王艺璇："不能上就是不能上。"

说完，他竟然直接转头离开了，学姐也连忙跟着跑了过去。

王艺璇不知道为什么，鼻子一下子酸了。

她拿起自己的衣服披在身上，转身就出了篮球馆。

她和邓峰本来就是因为直播课的小插曲才"结仇"的，到底还是什么关系都没有，所以，她看到邓峰和

学姐待在一起就心里不舒服又怎么样呢？谁知道，她走到宿舍楼下的时候，邓峰的声音从身后传来："你就这么想去参加啦啦队？"

王艺璇转身："我就是不服你为什么把我刷掉。"

"好，你去吧，不过我有一个条件。"邓峰突然开口，然后从身后拿出了一套衣服。王艺璇愣在原地，低头看了一眼，他手里拿着的竟然是一套啦啦队队服。

"这是？"

"这是大两号的衣服，你穿这个上场，原本那身太露了。"邓峰直接把衣服塞进了王艺璇的手里。

"你是因为这个不让我参加的？"

"不然呢？"

"谁知道你这个泡面怪的想法啊，我还以为……"王艺璇拿着衣服，声音很小。

"我不喜欢泡面，只是想泡你而已。"邓峰突然说了这么一句话。

王艺璇愣在原地。

"可是你和学姐是怎么回事？"王艺璇感觉自己的心跳一直加速，但是同时脑子里又浮现出当初那张照片。

"什么学姐？"

王艺璇翻出手机，给他看了下当初学姐发的那条

朋友圈。

"这是我当时找不到我的矿泉水了，她就让全队帮我一起找，最后在花坛里找到了。我为了报答她，我们就一起照了一张照片。"

"一瓶矿泉水你还……"王艺璇突然意识到了什么，矿泉水……

"因为是你给我送的。"

王艺璇脸红了。

06

教授从国外回来了，健康传播课也正常开课了，但是大课本来应该到一百零八个，却出现了第一百零九个身影。

一下课，王艺璇拿着自己的论文走到了教授的旁边，"教授，这是你学生我的论文，求轻批。"

话音未落，身后就传来了邓峰的声音。

"老爸，这是你儿媳妇的论文，求轻批。"

扫二维码扫到一个男朋友

01

林夏大学毕业之后就在巷子里开了一家奶茶店，生意不温不火，足够她生存下去。

昨天业绩一下子攀登到了顶峰，倒没有别的什么原因，而是隔壁开了一家古玩店，举办开业仪式，人流量自然大，而且听说这隔壁的老板还有些来头。她听说，这老板人称六爷，对古玩那叫一个精通，经了他眼的文玩古董，就没有一个被估错价的。

这下勾起了林夏的兴趣，她直接跑到隔壁想去凑热闹，可是因为人太多了，根本没有见到这个六爷的人影。

但是她临走的时候看到了墙上的二维码，工作人员说加了二维码能让六爷免费鉴宝一次。她自然知道这些都是商业套路，但是还是加了一下，毕竟已经是邻居了，扫个码好沟通。

页面出来的时候，"花开富贵"几个字让林夏嘴

角抽搐了几下。

但是她转念一想，大概六爷这辈儿的人都爱把一些花花草草当微信名吧。林夏晚上回到家的时候，验证消息才被通过，出于礼貌，她发了个可爱的表情包过去，然后点开了他的朋友圈。

他的朋友圈不是仅三天可见，林夏估摸着，可能这六大爷不会设置。

其中大多数动态都是转发。

《震惊中国人的生活冷知识，你知道吗？！》

《你的身体发出这十三个信号，你的肾就危险了！》

《中国的国花竟然是这个，什么，你还不知道？》

林夏看得十分无语，这简直就是她亲爱的老爸老妈朋友圈的翻版。

她翻了半天才看到了一条非转发的朋友圈，配图是一张女生的自拍，那个女生穿着红色连衣裙，看起来比林夏大不了多少，配文是："香香是最美的。"

林夏又想了一下，觉得这可能是六爷的女儿吧，然后她就退出了枯燥无比的朋友圈。

这个时候聊天框振动了一下。

花开富贵："什么意思？我看不懂。"

林夏看了一眼自己发的表情包，无非就是一只可

爱的小猫在扭屁股，是普通的毫无意义的表情包罢了。

考虑到对面是个玩古董的大爷，林夏耐心了一点。

减肥仙女："就是独特的问好方式，不要在意。"

对方"正在输入"了一会儿，然后回复了信息。

花开富贵："那这猫咪是你家的吗？还挺可爱的。"

林夏一时语塞。

这段尴尬的对话就这么结束了，林夏对隔壁的这个新邻居大爷哭笑不得，可是第二天，换她傻眼了。

林夏本着友好相处的目的，端着一杯奶茶跑到了隔壁文玩店，想要和新邻居见一见面，可是一进店就看到一个高高帅帅的男人在那里摆弄茶具。

帅是真的帅，甚至有一种出淤泥而不染的感觉。

林夏收回花痴的目光，咳嗽了一下，才开口："请问一下，六爷在吗？我是隔壁邻居。"

那个男人转头："找我什么事？"

林夏心想：这不科学，为什么这么一个"貌美如花"的男人，叫"六爷"？

"花……花开富贵？"

"你是昨天那个给我发你家猫照片的人吧。"六爷坐下，开始慢慢悠悠地喝茶。

"你怎么知道那是我？"林夏惊了。

"朋友圈里有你照片，虽然脸不太像，但是衣服还是一样的。"

林夏语塞。这六爷的情商可真是不敢恭维。

"这是给你的奶茶，今后大家就是邻居了，多多关照。"林夏放下了奶茶，连忙跑出了古董店。不得不承认，六爷那张脸，林夏看了就心动，可是一想到他的老派作风，她就觉得是不是哪里有点毛病。 花了一下午时间，林夏才算说服了自己。

没办法，自己的新邻居确实是个思想老旧的帅哥。

傍晚，手机振动了一下。

花开富贵："你今天送的茶很好喝，是什么地方产的？"

减肥仙女："你没喝过奶茶吗？"

花开富贵："第一次听说。"

林夏这次不光觉得他思想老旧了，甚至怀疑这孩子是古代人穿过来的。

减肥仙女："明天再送两杯给你尝尝。"

花开富贵："谢谢，感恩。"

02

洗完澡，林夏躺在床上又翻看了一遍六爷的朋友圈，看到女生自拍的那条朋友圈的时候迟疑了一下。

现在看来，这是女朋友吧。

林夏一阵叹气，然后给死党发了条信息："我失恋了。"

死党回复了一连串的问号。

林夏："记得我白天给你说的那个隔壁老干部帅哥吗？他好像有女朋友了，我失恋了。"

死党哑口无言。

03

第二天一早，林夏来到奶茶店的第一件事就是做好两杯奶茶，然后端到隔壁。她一推门，正巧看到他在喂鹦鹉。

"谢谢。"六爷今日穿了一件白色上衣，简简单单的款式却被他穿出了超模的感觉。难以想象，这么美好的躯体里，住着一个六十岁的灵魂。

林夏感叹了一下，回过神来竟然看到六爷把奶茶倒进了茶具里。

林夏耐心地向他解释了半天，说这只是糖水和牛奶的混合物，并不是真正意义上的茶。

六爷："那岂不是不健康。"

林夏："会发胖倒是真的。"

六爷打量了一下林夏，随后开口："看出来了。"

林夏语塞，她转身准备离开这个是非之地，下一秒却听到了一些奇怪的声音，转头一看，六爷喂的鹦鹉竟然倒下了。而那个罪魁祸首手里还端着珍珠奶茶，看样子刚刚喂给鹦鹉喝了。

于是，两个人慌张地捧着鹦鹉去了宠物医院。

鹦鹉被送进去查看病情，两个人站在门口大眼瞪小眼。

"你的茶有毒吗？"

"没有。"

"这只鹦鹉对我很重要。"六爷开口。

林夏沉默了一下。

很重要？难道是女朋友送的吗？

"我很小的时候就被我妈送去学艺，接触的都是古董，这鹦鹉是我独自出来干的时候，师父送我的。"

林夏这才知道六爷与世隔绝的原因。

她思索了半天，也不知道怎么安慰一下，索性打开了朋友圈，然后找到了一条动态。

"转发这条锦鲤，你身边的所有人都会平安健康！"林夏当着六爷的面转了出去，然后说："放心吧，我转过锦鲤了，你的鹦鹉一定没事。"

"这个管用吗？"

"管用！"其实林夏还是有些心虚的。

好在鹦鹉真的没事，宠物医生把它送出来的时候它已经活蹦乱跳了，医生说奶茶里面含有咖啡因，鹦鹉是不能食用咖啡因的。

六爷抱着鹦鹉，矮他半头的林夏跟在他的旁边，两个人就这么回了店里。林夏进自己奶茶店的时候，刚巧看到了一个穿着红色连衣裙的女人走进了六爷的店里。

是他女朋友吧，身材真好。

整整一下午，林夏都有些垂头丧气。

第二天早晨，好巧不巧，她又看到了那个女人的背影，原本端在手里准备送过去的奶茶瞬间就显得多余了，她只能原路返回。

都说好事成双，今天倒是坏事成双。

一进店，林夏看到了一个再熟悉不过的身影——她的初恋男友。当时他怎么"绿"的自己，林夏到现在可都是记忆犹新。

林夏转头一看，他身边竟然还站着一个短发女生。她记得，这就是那个小三。这是来炫耀的？

果不其然，林夏走进来之后，那个"渣男"直接将一张喜帖放在了奶茶店的柜台上。

"看来你离开我之后，过得不怎么样，还是开个小奶茶店。""渣男"开口，笑得有些得意。

"别说那么多废话，你来就是为了给我送个喜帖？"林夏气不打一处来。

"当然不是。""渣男"开口，"我和我家亲爱的是来隔壁古董店鉴宝的。我奶奶送了她一个玉戒指，这可不是你见过的那些便宜货，很贵的。"

说罢，那个短发的女生还特意勾着嘴角把手上戴的玉戒指扬了扬。

"鉴宝吗？我看看。"林夏正尴尬着，身后就传来了六爷的声音。她转头一看，他端着一个茶杯走了进来。

"你是谁？"

"隔壁店主。"

"六爷？""渣男"显然有些吃惊，没有想到大名鼎鼎的六爷竟然和自己差不多年纪。

六爷走近，面无表情地看了一眼那个短发女生手上戴的戒指，随后开口道："一般成色，也很廉价。"

"渣男"一听就恼火了："胡说！我奶奶可是说了，这是老祖宗传下来的东西，少说十几万。"

"嗯，十几万，没错。"六爷点了点头。

"那你还说廉价。"

"哦，原来在你眼里，区区十几万就不算廉价了。"六爷一句话堵得"渣男"说不出半句话来。

林夏心里暗暗爽了一下，随后笑着对六爷说："这是我初恋，旁边那个是小三。"

六爷打量了一下对面的两个人，明显有些不屑，随后又从自己的手指上取下一枚扳指，翻找了一下，从口袋里拿出一根红绳，穿了进去，随后转身将红绳戴在了林夏的脖子上。六爷的气息扑面而来，林夏紧张地闭上了眼睛。

他系好红绳，又将扳指在手心里暖了一下，才放下手。这扳指和红绳，就好像好看的项链点缀着她的脖颈，而且因为被他用手焐过，并没有玉器刚戴上的时候的那种凉气。他真细心。

"你什么意思？""渣男"看着眼前的场景，一时之间，有些气不过。

"很简单，廉价的人配廉价的物件，好物件当然要配值得的人。"六爷眼神平淡如水，这话里却透着不屑。

"你这个多少钱？"那个短发女忍不住开口询问。

六爷伸出一根手指。

"一万？"

"不是。"

"十万？"

"不是。"

"一百万？"

"不是。"

"那是多少？"短发女的额头上已经有些汗珠了。

"一辈子。"六爷笑了一下，"是你做一辈子小三也换不来的钱。"

"你！"短发女气得跺脚，"渣男"也在旁边怨恨地看着面前任何方面都比自己强的男人。

"喜帖放这里了，我们也不想多留，再见。""渣男"拉着身边的短发女离开，两个人的脸色都有些不好看。

两个身影一离开，林夏就想要把脖子上的那个玉扳指取下来归还原主，却被六爷拦住了。

六爷："这个小玩意送给你，不值钱，刚才骗他们的。" 林夏这才收下。

"刚才谢谢你啊。"

"举手之劳。"

六爷离开，还留下了一杯茶，他说是他亲手泡的，应该不比奶茶差。

林夏尝了一口，确实很香，可是与此同时她的脑海里浮现出刚才那个进入古董店的红色身影，这茶不知道为什么到了舌根就有些发苦。

傍晚，林夏见四下无人，本想学着电视剧女主角借酒消愁一回，谁知道刚刚品了一口酒就失去了意识。

她醒来的时候已经是第二天了，睁开眼看到自己竟然在医院的病房里，六爷守在病床前。

"我怎么了？"

她不是只喝了一口酒吗，怎么醒来就在医院了？

"你酒精过敏，差点休克，幸好我路过看到你趴在柜台上。"六爷有些嫌弃。

林夏刚想说些什么，却发现病床不远处还站着一个正在削苹果的熟悉身影，是那个红衣服女人。

林夏想了一下，还是鼓足勇气开口询问："这是？"

她在心里想了一万字答案，例如这是女朋友，这是未婚妻，这是爱人，这是宝贝……

"这是我妈。"

林夏语塞。

女人转过头对着林夏笑了笑。近距离看，林夏才注意到，虽然她保养得很好，身材也是绝美，但是从脸上还是能感受出是上了一些年纪的。

"原来是伯母。"林夏自言自语，心里也松了一口气。

不得不承认，虽然六爷是个老古板，他母亲却时尚得很，和林夏也很有共同话题。整整一下午，林夏和伯母都在聊最近的热播剧和"小鲜肉"，还互相加了微信。

伯母的微信名是"美少女圣斗士"，就连头像都是个卡通人物，表情包更是一个比一个可爱。

"伯母，求求您带带您儿子吧！"林夏发出悲叹。

"没事，他刚接触微信，这样反而安全呢，不然那些小姑娘乱加怎么办。"伯母说完，又拿过了六爷的手机，和林夏一起自拍了一张。之后伯母登上了六爷的微信，又发了一条动态："香香和夏夏一样美。"林夏这才意识到，六爷朋友圈里那唯一一条自拍可能就是伯母拿着他手机发的。

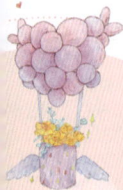

而整个下午，六爷就坐在窗户旁边逗他的鹦鹉。

伯母显然很喜欢林夏，临走的时候还不忘交代六爷："微信有什么不会的问一下夏夏，没事多沟通沟通。"说完她才离开。

病房里一下子只剩下六爷和林夏两个人，气氛稍微有些尴尬。

因为不是什么大病，检查了一下身体，林夏就被六爷送回了家。

到家之后，林夏的手机来了微信消息。

花开富贵："我听说微信有个设置可以发朋友圈仅一人可见是吗？"

林夏把设置的方法发了过去。

他倒还真是不客气，伯母让他不懂就问，他竟真的问了。不一会儿，林夏就刷到了花开富贵的一条朋友圈。

花开富贵："我转发了很多锦鲤了，为什么你还不是我女朋友？"

林夏愣了一下，看着没有任何人点赞的动态，突然反应了过来。随后她又点开六爷的朋友圈。前几天她太忙没有注意，他竟然真的转发了很多锦鲤，标题都是：《转发这个锦鲤，你将会有女朋友》。

林夏的脸一下红了起来，想到了自己在宠物医院里骗六爷说锦鲤很灵的事情。

冷静了好久，林夏确定自己的心没有跳得那么厉害了之后，才点开了六爷的对话框。

减肥仙女："那个是仅对我可见吗？"

花开富贵："是。"

减肥仙女："其实锦鲤真的有用。"

花开富贵："好像没用。"

减肥仙女："你现在就有女朋友了不是？"

花开富贵："什么？"

减肥仙女："我啊。"

对方没有回消息。

半小时后，对方还是没有回消息。

就在林夏以为自己自作多情的时候，门铃突然响了起来，一打开门，竟然看到了六爷和伯母。

"你……你们怎么都来了？"林夏踩着一双卡通拖鞋，问道。

六爷："我来看看我女朋友。"

伯母："我来看看我儿媳妇。"

后来，老古板六爷的朋友圈还是一直以转发为主，不过变成了……

《这么做菜，百分百养胖女朋友！》

《这么哄女生开心，百分之九十九的男生不知道的方法！》

《送女朋友礼物大全，建议码住！》

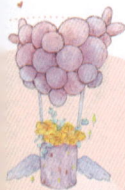

而林夏的网名也被逼着改成了："雪落祥瑞"。

为此林夏还专门发了条朋友圈解释："大家不要在意我的新微信名，男朋友非要逼着改，说和他的登对。"并@（网络上呼叫他人的方式）了花开富贵。

后来的后来，林夏和六爷一起去试婚纱，死党盯着她脖子上的扳指看了好久。

"这个便宜，你要是想要的话我让六爷也送你一个。"林夏笑着。

旁边的伯母却急了眼："这可是传家宝，哪有第二个啊宝贝。"

林夏看向六爷，笑了一下："看来某些人早就对我图谋不轨了。"

婚礼现场，司仪问林夏，是怎么找到这么帅气的老公的。林夏回想了一下整件事情最开始的部分，然后才开口："店门口扫二维码送的。"

和"逻辑怪"谈个恋爱

姜予这辈子最喜欢的事，就是见证爱情，所以从初一开始她就发誓，一定要成为一名结婚登记处的工作人员。这个理想与同龄人的教师梦、科学家梦相比，确实很不高端，可人各有志，她就那么大点志气，也很容易满足。

见证一对对甜蜜的恋人成为夫妻，这简直再美好不过了。

经过十几年的努力，她终于在毕业那年成为了民政局的工作人员。

不过，是离婚登记处。虽然就一墙之隔，但是这边天天都是因为油盐酱醋而离婚，隔壁天天都是海誓山盟，使得姜予才工作了一年不到，就完全不相信爱情了，也完全丧失了工作的积极性。

不过最近事情有了点转机，姜予的上班积极性一下子高涨了起来，这还得从那对离了一星期婚的老夫

妻讲起。仅仅这么一周，他们两个就来了五次，每回到了这里都是大吵大闹，而他们旁边还跟着一个文文静静的男生。

他叫林尧，是这对老夫妻的儿子，看起来比姜予小不了几岁。林尧时常手里拿着一本书，不怎么爱说话，身材高挑，没有一丝赘肉，嘴唇微微有些厚，看起来和那个最近很火的偶像明星很像，甚至还多了点说不上来的韵味。这谁抵得住？

摸准了这个林尧每次都会跟着过来，姜予便表现得格外热情。

例如，每次这对老夫妻吵得不可开交时，姜予就过去劝阻："别吵啦叔叔阿姨，多大点事，喝口水，休息休息。"

她在端水的时候会悄悄把一块冰糖放进杯子里，然后这个杯子会被端到林尧的面前。这时，他就会微微颔首，然后用那只好看的手接过杯子，说上一句："谢谢。"

姜予承认，自己心中的小鹿又乱跳了。就这么持续了一个星期，老夫妻终于还是把婚离了，在他们走出民政局的时候，姜予犹豫了好久还是走上前去。

她本来想要微信号的，谁知道一紧张，开口变成了一句："欢迎下次光临啊。"

林尧回头用怪异的目光看了她一眼，然后转身离开了。她真不是那个意思。

本以为这段短暂的"爱情"就这么结束了，谁知道没过多久，姜予的手机突然振动起来。

是一条验证消息，对方的微信名是"神探他爸"。

虽然看起来对方就是个怪人，但是出于习惯，姜予直接同意了。

三分钟后，对方发来了消息。

神探他爸："我是林尧。"

林尧？

姜予一下子来了精神，揉了揉眼睛才确定不是幻觉，想了半天却不知道怎么回复，只能打了一串问号。

神探他爸："我知道你想问我怎么找到你微信号的，很简单，我问了你们主管，在离婚处值班的一共三个人，符合年龄和性别的，只有一个姓姜的，我告诉你们主管我把钱包忘在大厅里了，他就把你的微信告诉我了。"

姜予回复了一个省略号。

神探他爸："我知道你还在想大厅里没有钱包，这当然只是个借口，我的目的是想让你做我女朋友。"

姜予有点蒙。

神探他爸："不要误会，我是说假扮的。我会按

小时付工钱，时薪是你在民政局的三倍，但是不负责缴纳五险一金，没有额外假期和补贴。合同已经拟好了，会给你看的，还有什么疑问吗？"

姜予："你能打字慢点吗？"

这次轮到林尧发来一个省略号。

姜予脑子连轴转，总算捋明白了思路，刚想打字，对方又发来了一长串的消息。

神探他爸："你一定想问我为什么要这么做。很简单，我爸妈离婚就是因为他们在我没找女朋友这件事上起了矛盾，一旦我找到了，那么事情就迎刃而解。"

姜予："我打字很慢，脑子转得也慢，你慢点说。"

对方又发来了消息："那就抬头。"

姜予一脸茫然，抬起头来，正好看到了站在柜台前的林尧。

这么长时间他一直站在自己面前？那她还打什么字啊？

"打字是因为怕你反应不过来，方便二次阅读。"林尧挑眉，语气冷漠。

姜予真怀疑他会读心术，不然怎么自己无论有什么问题，他都会抢先回答。

看着姜予疑惑的眼神，林尧再次开口："不要惊讶为什么我知道你想说什么，我是读法律专业的，擅

长看懂人的心理，更容易看懂笨蛋的心理。"

"你说我是笨蛋？"姜予有些不服气。

"反应木讷、不善于思考、安于现状。我承认我不该说自己的女朋友是个笨蛋，但是我确实不擅长撒谎。"林尧直接在板凳上坐了下来。

姜予被堵得没话说。

她一直以为林尧是个蠢萌的小弟弟，谁知道竟然是个"逻辑怪物"。"你怎么就确定我一定答应帮你？"

"冰糖。"林尧看向一旁的玻璃杯。

不等姜予回答，林尧继续道："不出意外的话，明天我爸妈会来复婚，我也会向他们正式介绍你。"林尧把合同放了桌子上。

姜予："你不应该叫神探他爸，你应该叫神探。"

她真的从来没有见过逻辑思维这么强的人，而且说话的语速都让人有点反应不过来。

"神探是我家狗。"

姜予无语。

"记得改一下你的微信名，暂时改成——'神探他妈'，因为我爸妈会加你微信的。"林尧倒是把一切都想到了。

"那这份合同什么时候失效？"姜予翻看了一下合同，竟然是中英两版，只可惜两版她都不怎么能看

得懂。

"等到我找到女朋友为止。"林尧看了一眼手腕上的手表，然后转身离开。

姜予想了一下又开口："你这样的优秀还找不到女朋友？"

林尧头也没回："我每天百分之八十的时间用来写学术论文，交女朋友只会浪费脑细胞和金钱，科学证明人在恋爱的时候会失去百分之十的智商，我没那么蠢，去做损人损己的事情。"

姜予总算知道为什么那对老夫妻总是闹离婚了，家里有这么个儿子，不吵架才怪。

所以，姜予就这么莫名其妙地"脱单"了。

虽然是有些草率，但是又能有钱拿又能和自己心动的男生谈一次恋爱，怎么想都是稳赚不赔。下班之后，她还特意去商场买了两件情侣装，然后才回家。

第二天，林尧先来到办公室，他爸妈很快就会到。

"给我的？"林尧看着袋子里的卡通情侣衣嘴角一阵抽搐。

"不喜欢吗？"姜予失落地看着他。

一般来说，女生都这么讲了，要是还否定，那真的就是情商有问题了。

林尧："不喜欢。"

姜予无语。

"在我爸妈来到之前我先说一下，我叫林尧，身高一米八六，体重七十二公斤，A 大学研究生在读，天文学和物理学方面都很擅长。我们是民政局认识的，我追的你，在一起三天了，并且有结婚的打算。"

姜予犹豫了一下，开始介绍自己："身高一米六二，体重四十八公斤，罩杯 C……"

"你不用介绍了，我不必知道。"林尧直接打断，"我爸妈不知道你的信息，所以我不会成为漏洞。"

姜予点了点头。

林尧示意她离自己近一些，然后说："过来挽着我的胳膊。"

"为什么？"

"研究证明，热恋中的情侣一般都会以这种方式见家长。"

林尧语塞。

接下来的半小时，姜予就这么莫名其妙地见了家长，那对老夫妻十分热情，热情到让姜予怀疑他们和昨天那对疯狂吵架的夫妻根本不是同一对儿。

"小姜，你是不知道，我们都以为林尧喜欢男孩子，都觉得是对方的错误教育方式才让他……唉，虚惊一

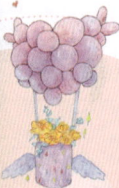

场，虚惊一场。"阿姨握着姜予的手一阵晃悠。

终于应付完了家长，姜予也算松了一口气。

之后的几天也算平静，只不过林尧时不时会发来几条消息。

神探他爸："在干什么？"

神探他妈："吃饭。"

神探他爸："好好吃。"

晚上。

神探他爸："在干什么？"

神探他妈："洗澡。"

神探他爸："好好洗。"

每段对话就这么仓促开始，草率结束。

姜予终于还是忍不住发问了。

神探他妈："你为什么每天都问我在干什么，你是调查局的吗？"

神探他爸："科学统计，女生三小时收不到男朋友的信息就会暴躁，我不想让你暴躁，因为那样我会浪费一小时的时间去哄你。"

神探他妈："你在哪里看到的？"

林尧发来了一张照片，上面是一本书：《如何正确饲养女朋友》。

姜予虽然很无语，但是也没想到林尧会认真研究怎么谈恋爱，心里稍微有些触动。

每个周六，姜予会去林尧的家里陪叔叔阿姨聊天，也帮着整理整理家务。而林尧因为学校就在这个城市，所以每次周六晚上都会开车接送姜予。

她了解了不少这个逻辑怪物的信息。

他真的是个天才儿童，跳级三次，大学年年拿奖学金，各个专业的证书早早就都拿下了，更别说国内外的比赛，简直拿奖拿到手软。

而且林尧家里是真的富裕，两层小别墅外带一个小院子，就连他家的狗狗神探都有一个单独的房间。

"以我们家儿子那个情商，我真的以为他要单一辈子了，没想到竟然还有人要。"这句话不知道被阿姨说了多少遍，而且说出一种感激涕零的感觉。

拿着高薪，当然要做实事。情人节那天，姜予特意做好了便当送去林尧的学校。可是她到了那里才知道，林尧还在实验室里。

于是，她抱着便当盒在门外面等了一个小时，并在看到门打开时第一时间冲了过去。

"情人节嘛，好歹意思一下。"姜予把便当盒递了过去。

"有什么事情别在这儿说，我们去别的地方。"

林尧左右看了一下。

姜予看了一下周围都在注视着他们这个方向的同学们，突然意识到了什么。自己年龄比林尧大，又在情人节送便当……

虽然他雇自己做女朋友，但是只是为了应付他的爸妈，也不想让同学误会吧。想到这儿，姜予的手收了回来。随后她便想到了补救的措施，又从包里拿出了另外一个饭盒，然后随手塞给了路过的一个男同学，说了一句："辛苦啦帅哥，姐姐是学校食堂的员工，今天搞活动，你们俩都是幸运儿！"

随后还没等林尧反应，直接离开。那个便当本来是她做来想要和林尧一起吃的，现在竟然成了摆脱嫌疑的工具。姜予真是佩服自己。整整一个下午，她都有些闷闷不乐，直到……

"我在医院。"林尧在电话里这么说。

医院？

姜予立刻放下了手里的东西，然后冲去了医院，结果看到了正在吊水的林尧。

"怎么回事？"

"拉肚子。"林尧抬头。

"你吃什么东西了吗？"

"你的便当。"林尧一脸无辜，"两份都吃了。"

姜予气不打一处来："那份不是给旁边那个帅哥了吗？你怎么……"

林尧的眉头皱了起来，然后把自己的体检数据报告放在了姜予面前。

"这是干什么？"姜予纳闷。

"我身体的数据很奇怪，我查了很久资料了。"

"到底怎么了？你别吓我。"

"最后得出了一个结论。"林尧指着那些姜予完全看不懂的英文。

"什么结论？"

"我吃醋了。"

"……"

"你不要喊别人帅哥，不然我的身体数据会异常。"

姜予听着林尧的话，渐渐反应了过来。

他吃掉了两个人的饭，是因为吃醋？

"还有一件很重要的事情。"林尧开口。

"什么事？"姜予问。

"经过慎重的思考，我要把我们的合同延期。"

"延期？"

"我是甲方，合同第三十八条，甲方有权决定合同有效期限。这是霸王条款，谁让你当时不认真看合同。"林尧的脸稍微有些发红。

"哦……"

两年之后，林尧研究生毕业，毕业的当天晚上就直接向姜予求婚。

姜予问："为什么打算今年求婚？"

"科学研究证明，这个年龄要的孩子最聪明。"

姜予又问，为什么他选了自己。

"你的智商太低，我必须用我的基因来拯救你的下一代。"

新婚当晚，林尧把姜予压在身下，眯起眼睛，突然严肃了起来。

"为什么要骗我？"

"嗯？"

林尧将手放在了姜予胸口的位置，然后俯身凑近她的耳朵。

"根本就没有 C，笨蛋。"

打游戏把上司骂了

01

"又掉星了，我真是服了，这钱我不赚了。"乔燃一登录账号，就看到自己辛辛苦苦打上钻石的账号，一夜之间又掉回了白银。她做游戏代打那么多年，就没碰到过这么难缠的客户。

这个客户的账户名叫"有本事打我啊"，加了乔燃好友之后，第一句话就是："打上钻石，多少钱？"

刚开始乔燃还是很高兴的，因为这货一看就是个有钱的主儿，可是接了这单子几天她就急了。

每次乔燃晚上熬夜到两点打上去的星，第二天早上一起床准掉了。

原因不是别的，就是因为这个"有本事打我啊"本主又上号打游戏了，打什么不好，他打排位，打就打吧，一打准输，输就输吧，他还乱举报队友，得罪了一大批人。导致乔燃每次上号都被骂得狗血淋头，还得重新来过。

她忍不住发了信息过去："你再这么掉下去，我这单子不接了。"

对面直接回复了一张两人的聊天记录截图，上面是乔燃接单的时候信誓旦旦一句话："无论什么情况，一周准完成任务，不然佣金十倍退给你。"

乔燃："你既然花钱了，为什么还自己玩？"

有本事打我啊："我既然花钱了，为什么不能有游戏体验？"

乔燃沉默了，很无奈地点开了游戏页面，又开始永无止境地填坑，直到凌晨两点才睡。

02

"乔燃，你死定了，你竟然敢开会睡觉。"同事小孟一回到办公室就说。

"嘘嘘嘘，祖宗小点声，你是不是生怕别人不知道这件事。"乔燃连忙把自己手里的薯片塞在了小孟的嘴里，让她安静下来，"昨晚打游戏打得太晚了，今天真的熬不住。没事，啤酒肚不会发现的，平时他开会都不看台下的。"

乔燃不以为意。

"这次不是啤酒肚开的会，是新老板，你不会从一开始就睡了吧。"

"那他发现我睡觉了吗？"乔燃问了一句。

"你知道会议怎么结束的吗？"

"不知道。"

乔燃摇摇头，她只记得自己被小孟摇醒，睁开眼的时候会议室里已经没有别人了。

"是新老板站在你面前看了半天，然后说了一句'明天再开吧，别吵到她睡觉'，才散会的。"

乔燃沉默了，怪不得这次的会议那么快就结束了。

她转身拿起一包薯片就准备去老板的办公室赔礼道歉，却被身后的小孟喊住了："你干什么去？"

"去赔礼道歉。" 都说新官上任三把火，她这次可算是彻底撞在打火机上了。

突然又想到什么，乔燃转身问："我流口水了吗？"

小孟点点头。乔燃又往怀里加了一包薯片，又问："那我打鼾了没？"

"有点。"

乔燃又加了一包。

"还说了梦话。"小孟补充了一句。乔燃怀里快放不下了。

抱着满怀的薯片，她刚准备去"负薯片请罪"，又想起了一个重要的问题。

"小孟，新老板这次开会的主题是什么？"她要先问清楚，到时候好能狡辩一番。

"办公室里不许吃零食……"小孟看了一眼乔燃

怀里的薯片。

乔燃无语。看来她今后的日子是真的不好过了。

于是，她只能放下自己的"贿赂品"，去了新老板的办公室认罪。

乔燃在办公室门口徘徊了很久，才敲门。

"进来吧。"她听到声音才敢推开门。

不得不说，这新老板确实比以前的啤酒肚看起来靠谱很多，光是办公室都收拾得十分利索了。

新老板坐在办公椅上，一只手在转笔，另一只手轻敲桌面，皱着眉头好像在思考什么。

乔燃愣了一下。

她本以为这个新老板也是和啤酒肚差不多的中年大叔，谁知道竟然看起来和自己差不多大，而且坐在那里有一种霸道总裁的感觉。

"老……老大，在忙啊。"乔燃心虚地走进去。

新老板听到乔燃的声音，抬头看了一眼，说了句："在考虑部门裁员的事情。"

"裁员？"乔燃心虚了。

"怎么，睡醒了？可以开会了是吗？"老板挑了一下眉，把手上的文件夹合上了。

乔燃直冒冷汗，生怕自己的职位不保——要知道她现在还是实习期，下个月就要转正了，关键时刻可不能出任何差错。

"老板，我真的错了。"乔燃的声音很小。

"给你个戴罪立功的机会。"

"您吩咐，我办事。"机会来了。

"把我们策划部的卫生打扫一下。"

直到从办公室出来，乔燃都是一脸茫然，她开会的时候睡觉，所以被罚打扫卫生，这怎么听都像是老师在惩罚学生。不管怎么样，睡觉风波算是有惊无险，能平安渡劫，乔燃已经谢天谢地了。而且有个这么帅的上司，上班的动力一下子就满格了。

03

乔燃回到办公室的时候，八卦的同志已经把新老板的资料查了个底儿朝天，还分享在了公司的群里。

莫少禹，青年有为选手，男，二十六岁，有严重的洁癖，在来公司之前是个高中老师，目前单身，A级单身资源，女员工可以冲了。

乔燃在群里回复了一串"哈哈哈"，然后立刻截图发了朋友圈，还配文："怪不得新老板罚我打扫卫生，估计下一步要罚我抄课文了。"

点赞很多，评论也是一片"哈哈哈"，就连那个又坑又菜的"金主"都被炸出来了。

有本事打我啊："你也准备冲吗？"

乔燃回了一句："冲，我国服第一美少女可不是吹的，分分钟拿下。"

她也就是随口说说，捍卫一下自己在这个菜鸟心中的地位。

她估摸着这个 ID 后面应该是一个背着家长偷偷打游戏的小学生，想要在同学面前炫耀段位，所以才花钱让自己代打。现在的小孩子可真不让家长省心。

一下班回到家，乔燃就立刻打开游戏查看那个账号的段位，果不其然，又掉了好几颗。

这么下去不是办法，她必须做出改变才行，不然到最后自己肯定是要赔钱了。于是她点开了菜鸟小学生的微信，发了条消息："上号"。

其实乔燃的想法很简单，让小学生用他自己的号，自己用小号带他，这样既能上星，还能让他有游戏体验，两全其美。

可是刚刚开局，乔燃就后悔了——她这是把自己往火坑里推啊。

小菜鸟不管三七二十一，开局就送了三个人头，气得乔燃开语音教导他："你这是玩推塔游戏，不是玩超级玛丽，你勇往直前什么呢！左边左边……"

"你对着草放什么大招啊……跑跑跑，别往人家大招下面跑啊……"一局下来，赢是赢了，但是乔燃也被气得半死，一看他的战绩：0 杀 13 死。

乔燃忍着怒火关掉了游戏，想了半天还是气不过，

又去微信发了一条朋友圈："有些残疾人真励志，没有手还打游戏。"

有本事打我啊评论了这条朋友圈："在说我吗？"

乔燃："没，为师怎么舍得说我的宝贝徒儿呢。"

说完违心的话，她感觉整个人都不好了。

04

这人倒霉的时候喝凉水都塞牙，说的就是乔燃了。

早上刚到办公室，乔燃就看到每个员工的办公桌旁边都放了一整箱的水果，一询问才知道是大老板请大家吃水果。

乔燃满心欢喜地拆开，但是看到水果的那一瞬间她的笑容就僵在了脸上——香蕉。认识她的人都知道她从来不吃香蕉，就连游戏和微信 ID 都是"凯爹不吃香蕉"，这下可好，一整箱香蕉放在了她面前。无奈，她只能眼睁睁地看着同事把她的这份一点点瓜分了。

不光如此，那个大老板莫少禹又找她麻烦了。

中午的时候，乔燃被喊去了办公室。

"我觉得上次的惩罚太轻了，要加一点。"莫少禹从旁边的文件夹堆里抽出了一本语文书。

"把第四十九页的课文抄三遍。"莫少禹说这话的时候仿佛在叙述一件无比正常的事情。

乔燃哪里敢说什么，拿着一本语文书从大老板的办公室里走了出来。

真是邪门，昨天还在朋友圈吐槽，今天就"愿望实现"，乔燃真想去买个彩票看看自己是不是真的那么幸运。别人在那边吃香蕉，乔燃老老实实地抄课文。

她好不容易抄完送到办公室，却被莫少禹一句"字体太潦草"给打回来了。果不其然，高中老师的职业病就是严重。

乔燃回到办公桌前，认认真真地抄了三遍，手都酸了，这才又交到了莫少禹的面前。

他皱着眉头认认真真地看了两遍，点了点头。乔燃如释重负。自从抄课文事件以后，乔燃见了莫少禹就躲着走，没有别的原因，就是怕他再想起来她开会睡觉的事情。

不过她这次好像又撞到枪口上了。她和小菜鸟约定好每天中午午休的时间一起打游戏，本来是没有什么问题的，可是偏偏经理临时要求整个部门一起开会。

这下可急坏了她，眼看游戏已经开局，现在要是退出一定会被举报。乔燃一不做二不休，索性专心打起游戏来。

她说："一会儿偷偷溜进去就好。"一局游戏结束，乔燃慌慌张张地跑去了会议室，看到里面的人坐得整整齐齐，她心里面还是有些慌张的。

她悄悄推开后门，蹑手蹑脚地走进去，可是一抬

头却发现……

会议室里确实很多人，却没有莫少禹。

这么说老板开会迟到了？

乔燃感觉自己像是中了大奖，连忙跑到自己的位置上坐下。而她刚刚坐下，前门就被推开，莫少禹拿着文件夹，脸上有些尴尬。

"今天有些事情耽误了，上面临时通知开会，麻烦大家了。"散会之后，乔燃立刻高兴地发了一条朋友圈："今天中大奖了，和上司一起迟到，原来上司也会迟到，哈哈哈。"

小菜鸟又评论了："或许上司也需要打游戏。"

乔燃回复："算了吧，他那个老古板，游戏玩他还差不多。"

小菜鸟不说话了。

05

晚上回家，乔燃给小菜鸟发信息过去："上号。"

乔燃在游戏里的英雄是战士，小菜鸟玩的是新手优先会选的角色，很容易就没血的那种。

因为等级提高了，对面的玩家也越来越厉害了，一开局，小菜鸟就送了好几个人头，乔燃一边开语音教训着小菜鸟，一边疯狂砍杀对面杀过小菜鸟的人。

小菜鸟被对面敌人一号击杀。

乔燃击杀对面敌人一号。

小菜鸟被对面敌人二号击杀。

乔燃击杀对面敌人二号。

就这样，半局游戏下来，对面所有人都不敢再碰小菜鸟了，都躲着走。

乔燃公屏打字："谁敢再欺负我家菜鸟？"

对面纷纷求饶："不敢了。"

小菜鸟打游戏向来不开语音不打字，这局却第一次打了字。

有本事打我啊："你是爹，那我就是娘。"

乔燃愣住了，这小子在撩自己？

一局结束，小菜鸟也终于上了钻石。

乔燃长呼一口气，刚准备好好睡上一觉，却收到了小菜鸟发来的微信。

有本事打我啊："上一次交易结束了，还有下一次交易要不要？"

乔燃吓得想删好友，她可不愿意再帮他代打了。

有本事打我啊："教我怎么追女生。"

乔燃来了兴趣，这小弟弟是情窦初开了？

虽然她是个女人，但是都说只有女人最懂女人心嘛，追个女生这种生意，不做白不做。于是，乔燃抛下一句"抓住女人心，先抓住女人胃"，这才安安心心地去睡了。

第二天一早，乔燃是被窗外的车喇叭声吵醒的，她趴在窗口一看，竟然看到了自己的上司莫少禹。

他还朝着蓬头垢面的自己招了招手。他是有什么重要的事情要找自己吗？

可是今天不是周日吗？乔燃掐了一下自己，确定不是梦之后，连忙拉上了窗帘，可是还没有几分钟，门外就传来了敲门声。

她刚想阻拦，自己亲爱的妈妈已经积极地跑过去开门了。果不其然，是刚刚还在楼下的莫少禹。乔燃妈妈看着门口这么一个玉树临风的男人，先是敲了一下锅铲，然后摘下了身上的围裙，接着转身对着乔燃她爸激动地喊："她爸，乔燃出息了，快把今天的相亲取消吧。"

乔燃尴尬地笑了一下，来不及换衣服就把莫少禹推出了门，临走还向老妈交代："我和我上司谈一些工作上的问题。"

她关门的时候，依稀听到了老妈在身后说："今晚不要回来了。"

乔燃汗颜，她穿着一身睡衣和一个陌生男人出门，老妈还真是放心。

她本来想带着莫少禹在小区花园里转一下，顺便问他有什么事情，可是一出单元楼，乔燃就被莫少禹塞进了车里。

"老板，你干什么？我课文可都抄完了，最近也没犯什么错啊。"乔燃心里很慌张。

莫少禹没说话，直接发动了车子。乔燃穿着睡衣坐在副驾驶座，而上司西装革履地握着方向盘。本来她就够慌张的了，谁知道这个时候还收到了小孟发来的微信。

小孟："乔燃，我今儿加了大老板的微信。"

乔燃："大老板现在在我旁边。"

小孟："你自求多福吧。"

乔燃："怎么了？"

小孟："你知道大老板的微信 ID 是什么吗？"

乔燃："什么？"

小孟："有本事打我啊。"

乔燃关上手机，抬头看了一眼正在开车的莫少禹。

他……就是那个小菜鸟？

乔燃的脑海里浮现出自己在朋友圈疯狂吐槽上司的朋友圈，和小菜鸟的互动，以及每天晚上语音里把他骂得狗血淋头的画面。看来这次老板不是要罚她抄课文，是要跟她同归于尽了。

车子缓缓开到一座大房子前，而莫少禹挑眉示意她下车。进屋后，乔燃被带到了客厅，客厅的中央摆着一张巨大的桌子，而桌子上面放着各种各样的黑暗料理。

糊了的鸡翅、和板砖无差的牛排、像稀饭一样的米饭……看来，这就是惩罚。乔燃闭上眼睛，一副视死如归的样子，然后坐到了饭桌的前面。

"吃吧。"莫少禹坐到了她的对面。

"老板啊，你不远万里把我拉过来，就是为了吃……饭？"乔燃不知道桌子上的这些东西到底能不能称为饭。

"不是你说的吗？追女生第一步，抓住她的胃。"莫少禹说得一本正经，盯着穿着睡衣的乔燃。

乔燃有些蒙。

莫少禹口中的那个让他情窦初开的目标是自己？只是，这真的是抓住自己的胃吗？这是抓烂自己的胃吧。乔燃看着满桌子的"饭"，咽了一下口水。

06

周一上班,乔燃莫名其妙地成了公司的风云人物。

具体体现在，她站在公司的电梯里，周围就有很多人对她指指点点，而且还说着什么"老板夫人"。

乔燃回到办公室才知道，原来昨天部门群里在晒美食的时候，大老板冒泡了，也发了一张自己家餐桌的照片。

只是这照片上还带了穿着睡衣的乔燃。一下子，群里的人不敢说话了，可是每个人的朋友圈都炸了。

甲："钻石上司发的照片里竟然有乔燃！我天！我失恋了！"

乙："乔燃和上司在一起了啊啊啊。"

丙："乔燃和莫少禹同居！"

丁："乔燃不会已经怀孕了吧……"

乔燃昨天一天没有刷朋友圈，现在刷到惊掉下巴。她估计这事再传下去，她和莫少禹的孩子就该上幼儿园了。

她连忙发了条朋友圈澄清："大家别传了，我们没在一起。"

乔燃刚松一口气，下一秒事情又来了。

莫少禹转发了她的朋友圈，并配文："对，我还在追她。"

乔燃无语。

这下，整个办公室又炸锅了。

接下来的一个星期，乔燃算是见识了莫少禹"追人的功力"，招数倒是挺多，但是真的都让人难以恭维。例如：他每天早上在她的办公桌上面放一颗大白兔奶糖；公司发福利给大家买咖啡，只有她的加了两块方糖；他在修改她的策划案的时候，会手动给她画一个笑脸。

最过分的是，他还会每天送来他制作的黑暗料理。

乔燃真是一万个后悔，当初自己怎么就告诉了他

做饭可以俘获女人芳心呢？

不是乔燃嫌弃，这些难道不是高中生的套路吗？送糖这种套路，十几年前就被淘汰了吧。

她想去找莫少禹理论一番，可刚到他的办公室门口，就看到他把一堆大白兔奶糖放在桌子上，然后拿出了一张花束包装纸。

乔燃一脸黑线，这种几十年前的套路，他到底都是从哪儿学来的？

"你不会要包装成花束吧？"

"我看我以前的学生，都是这么追女生的。"莫少禹咳嗽了一下，慌张地移开目光，"你不喜欢吗？"

乔燃无奈："招数真的不喜欢，太老套了。"

莫少禹眼神有点失落。

"但是人还可以，我蛮喜欢的。"

莫少禹眼睛亮了。

07

公司的朋友圈又炸了，所有人发现了一个细节。

莫少禹的 ID 变成了："国服娘亲。"

乔燃的 ID 是："国服爹爹。"

　　叶欣喝酒之后闯祸了，而且祸事还不小：她把邻居家的哈士奇拖回家洗了个澡。

　　第二天她醒过来的时候就看到一只趴在角落里可怜兮兮的哈士奇，以及满天飞舞的枕头绒毛。关键是因为被拖进陌生人家里洗了个澡，"二哈"感冒了。

　　这性质就不一样了，她莫名其妙地把别人家的狗拖回家也就算了，还把人家的狗弄生病了，这摊上谁都不好解释，更何况它的主人是个看一眼都觉得冰冻三尺的怪胎。

　　这只狗她认得，是邻家大叔的爱宠。

　　大叔叫薛封，比自己大不了几岁，但是时常穿着一身正经的西装，手里端着茶叶杯遛狗，所以叶欣暗地里称呼他"大叔"。

　　叶欣怀着忐忑的心情敲响隔壁的门的时候，大叔穿着一身灰色的睡衣打开门，脸上带着慵懒，很难得地戴着一副居家的金框眼镜。

　　叶欣咽了下口水，移开视线：大叔还是很养眼的，不然她也不会注意到这个每天七点钟准时在楼下遛狗的路人，更不会偷拍了挺多照片，给闺密分享这个帅大叔。

可她也就是觉得他赏心悦目而已，没什么非分之想，毕竟在这个小区买得起房子又养得起哈士奇的人，和她一个小小的租客一定不是一个级别的。

要不是"二哈"一下子狂奔着朝它的主人跑去，还告状一般地叫唤了几声，叶欣都差点忘记自己是来解决麻烦的了。

大叔给出的处理方法很简单——让她负责带"二哈"看病，并且照顾它生病期间的饮食起居。

叶欣稀里糊涂地答应了，她这个人从小就对长得好看的人没有任何抵抗力，更何况这个办法两全其美，又省钱，又能多接触接触养眼的大叔。

按照约定，每天早晨她要早起半小时去大叔家把"二哈"带去宠物医院，然后傍晚的时候再好好地送回来。大叔还特意交代：照顾"二哈"的过程中要做到滴酒不沾。

可是现实和想象中的一点都不一样：叶欣每次醒来，都成功地睡过了自己定好的时间，然后慌里慌张地跑出门，冲到早就牵着"二哈"站在门口、不耐烦地看手表的大叔面前。

大叔自带一种家长的气势，叶欣也只能找各种理由搪塞，解释自己起晚的原因。

大叔说："写一千字的检讨，晚上来读给最美听。"

叶欣这才知道这"二哈"的名字——最美。

看来老干部就是不一样，不光罚人做错事要写检讨，就连狗的名字都起得独一无二。

于是叶欣就在网上复制粘贴了一大段关于早睡早起的必要性的文章，然后大半夜跑去给最美做检讨。

因为叶欣基本上每天都会晚起，所以晚上过去读检讨也成了家常便饭，她连着三天都灰头土脸地趿着拖鞋跑过去，抱着最美声情并茂地朗读。

没办法，大叔是债主，长得又好看，他说什么就是什么。

有时候大叔也会在检讨之后表扬叶欣几句，然后讲讲他自己的事情，想以身作则地彻底感化她这个起床困难症重症患者。

大叔说，她每次晚起，他都要在门口等着，这样的话就会给他的工作造成损失。

叶欣不以为然："多少损失？"

大叔放下老干部的茶杯："也就百八十万吧。"

叶欣一口可乐差点喷出来，但是想着大叔家的地毯应该蛮贵的，就硬生生咽回去了。大叔瞧了她一眼，

说："可乐伤身，少喝。"

叶欣是个话痨，照顾最美的时候嘴巴根本闲不下来，抱怨工作上的事情也是常有。

她说自己祖上三代都是动物园的饲养员，她也不例外，但是最近动物园的员工休息室环境越来越差了，中午休息的时候简直就是冬凉夏暖秋漏风，要多恶劣有多恶劣。

大叔没说什么，站起身拍了拍最美的头，也不知道怎么来了兴致，讲了些自己的事情。

他说他祖上三代都是做生意的，他也不例外，钱就像数字一样每天进进出出，那么大的公司却只有总裁办公室毫无人气，狗都比趋炎附势的人要强很多。

叶欣撇了撇嘴巴，果然她还是不懂有钱人的烦恼。

可是她刚想说些客套的宽慰话，就被大叔打断。

大叔："我在和最美说话，你别插嘴。"

她只能作罢，大概有钱人的脾气都比较奇怪吧。这些天她算是见识了大叔的生活：每天六点半准时回家，每顿饭都是按照营养菜谱规划好的，早晨五点半准时起床晨跑，一分钟都不带延误的……

她自愧不如，这么规律的生活她怕是一辈子都做不到。

第二天叶欣回到动物园的时候得知了一个消息：动物园被赞助了，听说那老板是担心猴山的猴子居住环境不好，投了一大笔钱，而她的休息室刚好在猴山旁边，正好一起修整了，所以她沾了猴子的光。

中午的时候大叔突然打来电话，说是最美好像出事了，叶欣连工作服都没来得及换就跑去大叔家，谁知道一推开门竟然看到穿着正装的大叔坐在餐桌主位，而旁边都是些同样西装革履的人。

大叔看着一身工作服的叶欣，无奈地笑了一下，随后起身将她拉到自己身旁，开口："这是我女朋友。"

众人都是吃惊的表情，而叶欣却盯着坐在最右边的男人出神，那是她前男友，也就是她拉最美回家洗澡那天晚上喝得烂醉的原因。

他俩青梅竹马，只可惜他学习拔尖又出国留了学，而她二本毕业就出来做了个饲养员。分手是他提出来的，原因很简单：在他生日那晚，叶欣抱着蛋糕、冒着雨跑去他的出租屋庆祝，却摔了一身泥渍，到了地方，看到了他很多西装革履的朋友，叶欣刚想开口介绍自己的身份就被他拦住了。

看着自己脏兮兮的白色连衣裙，她知道他们走不下去了，谁都不怪，怪差距让他们越走越远。

所以他们分手了，两个连圈子都不同的人不可能

长久下去。

大叔环住叶欣的肩膀，好像故意做给她的前男友看一样。叶欣却挣脱了。

如果她和前男友因为差距太大而分手，那么她和大叔也根本不是同一个世界的人，如果再接触下去，只会重蹈覆辙。

就像他的房子是买的，她的房子却是打了好几份工才租来的。就像他在这种地方和西装革履的人一起谈笑自如，她却喜欢在烧烤摊吃吃喝喝……他们不一样的。

大叔看着叶欣皱了一下眉头，就在她准备离开的时候，大叔突然开口："老朋友聚会，天天来这儿，不如这次去别的地方吧，还是我做东。"

客人自然没有意见，而大叔拉着叶欣的手走到了门口一家小饭店前。

他和她确实不是同一个世界的人，可是他和前男友不一样，他愿意为了她走进一个小世界——热闹又喧哗的世界。

饭桌上，叶欣小声问："你不是说最美出事了吗？"

大叔筷子停顿了一下："是出事了，它因为想要一个师母，闹脾气，今天中午都少吃了一粒狗粮。"

叶欣脸颊一红，笑出声来，有人把狗当儿子，有

人把狗当弟弟，但是像大叔一样把狗当学生的还真是少见。

叶欣："撒谎，今天晚上写一千字检讨送过来。"

当天晚上，他真的拿着一张手写的检讨牵着最美敲响了她的房门。

只是检讨上面，写的是满满的惊喜。

检讨上说，他确实骗她了，那天晚上其实不是她主动拖最美去她家里洗澡的，而是那晚叶欣喝了酒在路边拉着最美的爪子聊天，却吐了最美一身。

薛封就让她把最美带回去洗澡，就这样，醉醺醺的她抱着半人高的哈士奇回屋了。

不过薛封没有告诉她，叶欣那种慌张的小眼神实在让他很想笑，他的生活一成不变，但是好像她来了之后就不一样了。

至于那个休息室，当然是他投资的，但是不是为了猴子，是为了她。准确地说，是薛封怕只修整一个休息室太明显，顺便修了下猴山。是猴子沾了她的光。

而最美的名字也和她有关。

薛封第一天搬进来的时候，望着刚刚买来的哈士奇，不知起个什么名字才好，"百度"了很久也没有什么想法。

就在这个时候，从隔壁住户传来一阵五音不全的歌声："你在我眼中是最美……"

于是"二哈"的名字就诞生了。

叶欣有些吃惊，因为她是看到了新搬进来的帅大叔，才心情大好地放声高歌的……

这下，最美不光有老干部爹爹，又多了个娘亲了。

皇上，娘娘只想养乌龟

01

微荷是后宫里名不见经传的小妃子，每天日常就是养养鱼、遛遛龟，来宫里三年了也没见过皇上一次，生活倒是自在。

她不想争宠。这年头，一旦在皇帝面前冒泡，那可什么麻烦都招惹来了。

听说上年李美人因为招惹了秦贵妃，养的宠物都被毒死了。

微荷看了看自己养的那只小乌龟，连忙打消了一切争宠的念头，顺便还把自己院的大门关得更严实了一些，最后不忘交代小太监们，如果皇上经过，第一时间关窗。

小太监："娘娘，这关上窗户，皇上就看不到你了啊。"

微荷："不想让他看见。"

小太监："奴才懂了，娘娘，您这是欲擒故纵。"

微荷："不，我只是不想让他看见。"

小太监选择沉默。

不得不说，这皇宫就是乱，听说又有一个王答应被陷害，整个院子里的人都要问斩。

微荷听到这件事，连夜招呼小太监伺候自己更衣，要出去看看。

小太监感激涕零："娘娘，您终于知道过问其他妃子的事情了吗？"

微荷："不，王答应院子里有只金丝雀儿，我老喜欢了，我得拿来。"

小太监再次语塞。

就这样，在别的妃子拼命挤眼泪装善良，在皇上面前做出楚楚可怜样子的时候，微荷悄悄溜进去，拎着鸟笼子跑了。

小太监嘴角抽搐着看着站在王答应院子外被妃子围着的皇上："娘娘，您是不是忘了什么？"

微荷一拍大腿："对，差点忘了！"

小太监露出欣慰的笑容。

微荷："鸟食没拿啊，看我这个脑子。"

小太监的笑容立刻僵在脸上。

02

微荷的小乌龟走丢了，这可吓坏了她，围着自己的小院子找了好多遍，可还是找不到。

小太监在一旁出谋划策："它已经失踪一个时辰了，小乌龟一分钟爬 1.357 米，根据路的弧度和乌龟的速度等换算出阻力为……"

微荷："说人话。"

小太监："我看到它好像爬去御书房了。"

微荷连忙起身去了御书房，剩下小太监和小宫女站在原地。

小宫女："真的能行吗？把乌龟送到御书房，皇上就会看上我们娘娘吗？"

小太监："凭我们娘娘的脸……"

他沉默了一下又改口："凭我们娘娘的身材……"

他再次沉默，最后改口道："凭我们娘娘的幽默！对！凭娘娘幽默，一定会让皇帝一见钟情的！"

小宫女无语。

03

微荷拿着小乌龟最爱吃的桂花糕，偷偷溜进了御书房，就在她拿着糕点准备引自己的小宝贝出来的时候，手中的桂花糕突然被一只手拿走了。

微荷瞪大眼睛，顺着手臂看了过去。

皇上？！

皇帝眯起眼睛细嚼慢咽："有心了，做这桂花糕来给朕吃，想必是做了不少调查，还费了不少功夫。"

微荷心绞痛，它可怜的小乌龟的桂花糕啊……

突然，她眼睛一亮，看到了木桌子上的小乌龟。

而正好皇上也向着那里走去，这下可吓坏了微荷，她连忙一个健步冲上去，拿起旁边的一本书把小乌龟盖到了下面。

她回头看向皇帝，见他满脸吃惊："你要给朕磨墨？朕真是感动，你是第一个不对朕虚与委蛇，而是帮朕做实事的女人。"

微荷一时语塞。

她要怎么解释，其实自己只是怕小乌龟被发现？于是，微荷尴尬地笑了一下，帮着皇帝磨了很久的墨。

皇帝："今天辛苦你了。"

微荷看着书下的小乌龟，弱弱问道："皇上，我

能要个奖赏吗？"

皇帝："说。"

微荷："书……"

她只想把自己的小乌龟救回去。

皇帝再次感动脸："你竟然没有要珠宝，而是要一本普普通通的书，你真是个独特的女人！"

微荷无语。

皇帝："哪本。"

微荷指了指压着小乌龟的那本书。

皇帝又感动了："相逢恨晚啊，这是朕最爱的一本书，没想到你也感兴趣，知己啊知己，很少有人爱看的。"

微荷心想：这也行？

于是，微荷捧着书，连同书下的小乌龟一起，在皇帝感动的眼神的注视下走出了御书房。

04

微荷回到院子里，小太监们立刻围了过去。

小太监："怎么样，娘娘，见到皇上了吗？"

微荷："见到了，他有点……"

小太监："有点风流倜傥、英俊潇洒、卓尔不凡？"

微荷："有点毛病。"

小太监无语。

第二天，皇帝派人送来了一堆书。

小太监见了大喜："娘娘您这是要得宠了啊！"

微荷摸了摸乌龟，看着那堆书："拿去烧了吧，怪占地方的。"

这院子本来就小，再堆这么多书，她的小乌龟都爬不开了。

而且皇帝不过是一时兴起，后宫那么多妃子争奇斗艳，他很快就会把自己抛之脑后的。

小太监没办法，只能把书拿去当柴烧。

谁知道就在这时，突然传来了皇帝的声音："你要把朕送给你的书烧了？"

微荷心里一惊，这下完了。

就在她想着怎么让皇帝饶了自己的时候，他却突然说："果然你看懂了昨天拿走的那本书的真正含义，知识在于舍弃！你是第一个看懂的人，朕太感动了！"

微荷愣怔在原地。

皇帝："封贵妃！"

微荷悄悄问了小太监："贵妃是不是有大院子。"

小太监点点头。

微荷很欣慰，自己的小乌龟活动空间大了不少。

06

　　皇帝逢人就说自己遇到了真正的知己，更是接连十几天去了微荷那里。

　　很多宫女都围着微荷问："娘娘，您为什么突然受宠！到底有什么争宠秘诀？"

　　微荷汗颜。

　　她真的真的只是想养个乌龟呢。

我的减肥机器人是活的

01

姚彤减肥第一天，下载减肥App（应用）、注册会员、挑选计划，一气呵成。

她减肥第二天，躺在床上看着手机上的扣费通知，追悔莫及。

这二十块钱会员费，用它买奶茶喝不香吗？

都说减肥是女人的终生事业，姚彤对这句话深信不疑，今年才过了一半，她这减肥计划制订了几十次，肉已经长了不止几斤。

昨天同学聚会她穿不进去年的裙子了，又被刺激得下了减肥软件，还花了二十块钱订购了一个减肥助手，每日激励自己减肥。

今天一大早，减肥助手就发来了信息提醒："今天是减肥的第一天，午饭切记不能吃油腻哦，汉堡和奶茶要杜绝。"

不说还好，这么一提，把她瘾都勾上来了。姚彤立刻点了外卖。

偏偏姚彤下楼拿外卖的路上，减肥的动力出现了。

姚彤裹着巨肥无比的羽绒服素面朝天地站在电梯里，而随后走进来的是一个穿着拖鞋和居家服的男人，看着手机正蹙着眉。

她发誓，如果当时电梯里的杂音少一些，那她心跳的声音绝对会被听得一清二楚。

电梯到了一楼，两个人一起走到了单元楼门口。

看起来，他也是拿外卖的。

果然，外卖小哥拎着两个人的饭，看了一下一起下楼的两个人，开口："赵先生吗？您的水果蔬菜沙拉。"随后又看向姚彤，"姚女士，您的双人汉堡餐加一杯去冰全糖的奶茶。"

空气凝结了。

外卖小哥递给姚彤的袋子最起码是另外一个袋子的两倍大。

果然，那个赵先生看了一眼姚彤，似乎在憋笑。

"不不，不是我的，我的可能还没到，我再等等。"姚彤尴尬地笑了一下，决定实行缓兵之计。

快递小哥挠了挠头，拿出了手机嘀咕道："奇怪了，那为什么这么久还不来拿？我再打个电话好了……"

姚彤刚想阻拦，下一秒，自己的手机响了起来，而且还是葫芦娃的主题曲。

这是前几天她参加同学聚会，玩大冒险时改的，忘记改回来了……

姚彤站在原地，气氛一度十分尴尬。

"其实，一个人吃两人餐，也不是很多，你拿着吧。"那个赵先生憋着笑说了这么一句话，转身离开。

姚彤发誓，如果再给她一次机会，她一定老老实实按照减肥助手制订的计划吃。

叛逆害死人啊。

她在男神面前的形象，这下就算彻底崩塌了。

02

抱着双人餐回到房间里，姚彤气得直接拿出手机，点开减肥小助手的对话框发泄了一顿。

姚彤："都是你，我今天可是遇到了爱情，结果现在可好，被当成'肥宅'了。"

姚彤："交了钱还不能好好监督我，你这个机器人真不负责。"

她说了半天，对面一点回应没有。

这也情有可原，姚彤知道，这种机器人对面都是电脑程序，有关键词了就回复，没有关键词，就一直按时提醒罢了。

气还是气，但是午饭还是得吃。姚彤三下五除二，把套餐吃得干干净净。

谁知道刚刚解决午饭，出去倒个垃圾的空，减肥助手再次发来了信息："吃完饭，休息一会儿后，记得运动，计划已经为您安排好了。"

跳绳一千个。

姚彤皱了一下眉头，但是想着白天遇到的那个小哥哥，还是拎着跳绳下楼去了小广场。

她跳前一百个时，信心满满；跳前两百个时，怀疑人生；跳第三百个时，主动放弃。

姚彤坐在长椅上气喘吁吁，额头上满满都是汗水。

"两个汉堡的热量大概是 900 卡，最起码要跳绳9000 下才可以消耗掉你午饭时所摄入的热量。"

姚彤被身后的声音吓了一跳，转身看去，竟然是中午遇到的那个赵先生。

吃两人餐被逮个正着已经很惨了，饭后运动偷懒的时候还被抓到，更惨。

姚彤真觉得自己该去拜拜神了，今天一天简直就是倒霉透顶。

"那双人餐不是我一个人吃的……"姚彤一说谎耳朵就爱红，这下可好，直接红到了耳根。

"我是营养师，对这些数据比较敏感。我并不是说你胖，只是职业习惯而已。"赵先生的声音很好听，温和有礼，姚彤的心跳再一次漏跳了半拍。

说罢，赵先生递来了一张名片——赵时川，高级营养师。

姚彤看着上面的微信一阵激动，直到回到了家里她的心都还在如小鹿乱撞。

她不知道该和谁分享，直接打开了减肥助手。

姚彤："你简直就是我的月老助手啊！"

助手的自动回复很快就来了："小主今日的一千个跳绳任务是否已完成？"

姚彤犹豫了一下，点了"确定"。

减肥助手："判定说谎，明日任务翻倍。"

姚彤无语。

现在的减肥机器人都这么高端了吗？

姚彤很快就加上了赵时川的微信，翻看他的朋友圈，里面满满的都是关于营养健康的知识。夹在其中的一条朋友圈引起了她的注意——营养师赵时川正式入驻某某减肥 App。

她愣住了。

当初她下载这个 App 的时候就是因为它的广告语是："专业营养师为您服务"，没想到，他竟然就是其中一员？

一瞬间，她原本打算卸载的心就没有了。

姚彤发誓要好好减肥。

03

减肥第六天，姚彤看着体重秤上那反而变大了的数字，沉默了。

说好的量身定制呢？！说好的保证有效呢？！

她看着手机，灵机一动，立刻从床上爬起来，开始梳妆打扮。

不一会儿，赵时川的房门被敲响了。

"听说你是 App 的营养师？我想问问我出了什么问题，为什么按照食谱吃了还是会胖。"姚彤讲得义正词严，丝毫没有留下任何借此搭讪的痕迹。

赵时川："说说看。"

"昨天早上食谱是鸡蛋，中午食谱是蔬菜加鸡胸肉，晚饭是鱼肉和芋头。"姚彤老老实实说出了食谱。

"那你怎么吃的？"

"严格执行，晚上我再饿也只吃了鱼肉和芋头。"

"几条鱼、几个芋头？"

"三条鱼、三个芋头……"

赵时川笑出了声音。

04

减肥第十天，姚彤感觉自己的胃好像出了什么问题，走在小区的路上，感觉自己胃绞痛。

姚彤坐在椅子上捂着肚子，想起昨天一天的魔鬼食谱就恨得牙痒，索性拿出手机点开了和减肥小助手的对话框。

姚彤："胃好疼，我要举报你这个机器人。"

对面依旧没有回复，可是这个时候，赵时川却来了微信。

赵时川："你在哪儿？"

姚彤感到奇怪，但是还是老老实实把自己的位置报给了他。

几分钟后，赵时川从楼上跑了下来，走到姚彤面前，直接将她抱在了怀里。

一瞬间，赵时川身上淡淡的薄荷味涌入鼻腔，弄得她连胃疼都好转了很多。

姚彤直接被抱去了社区诊所。

赵时川："医生，她是按照减肥食谱吃的，按道理不会出现问题，是饿着了吗？"

医生："不是，是撑着了。"

赵时川无语。

事实证明，姚彤确实是吃坏肚子了，不过不是减肥食谱的原因，是姚彤昨晚没忍住偷着点了宵夜，吃多了，有些胃胀气。

从医院出来的时候，姚彤一脸尴尬。

怎么每次有丢人的事，都被赵时川遇到呢。

"别减肥了，你这来来去去一斤没瘦，反而还受了罪。"赵时川看着被折腾得小脸苍白的姚彤。

"不行，我钱都交了，最起码要按照机器人给的食谱吃一个月才行。"

赵时川无语。

他可信了她的鬼话。

05

减肥第十一天，机器人有些不对劲。

姚彤看着今日食谱，蹙眉。

早餐豆浆油条、午餐牛肉盖浇饭、晚餐可以吃米饭和鸡腿，甚至还可以额外加一杯去冰全糖的奶茶。

姚彤愣住了。

姚彤："机器人，你故障了吗？"

减肥助手："这两天是减肥缓冲期，可以这样吃哦。"

这下，她吃得心安理得了。

减肥第十二天，姚彤胖了整整四斤，气得她连忙打了客服电话。

"你们的减肥机器人太不靠谱了，系统是不是该换一换了？"

电话里传来客服礼貌的声音："我们 App 没有减肥机器人，减肥助手都是为您配备的私人营养师哦。"

挂了电话后，姚彤看着和减肥助手的聊天页面上絮絮叨叨的说话内容和日常犯花痴的聊天记录，她沉默了。

这么说，这个减肥助手，是活人？

她一天到晚把这儿当吐槽小天地、花痴小天堂，时不时还得拨个视频电话过去照照镜子，结果，这是真人？

半夜，姚彤发了条信息过去。

姚彤："原来你不是机器人啊。"

过了一会儿，对面回复了。

减肥助手："我是您的私人营养师，赵时川。"

姚彤愣怔在原地。

她记得注册的时候姓名和地址都填写了的，那这么说，赵时川从头到尾都知道自己就是这个用户？

等等，那自己对着他犯花痴，他也知道了？

06

减肥第十三天，姚彤觉得自己没脸见人了，索性直接卸载了 App，在家里闭门思过。

中午十二点，姚彤听到了门铃声，她打开门，竟然看到了赵时川。

"怎么把 App 卸载了？"赵时川问。

"你是不是早就知道我喜欢你？"姚彤脸猝不及防又红了起来。

赵时川没有回答，而是拿出放在背后的一份外卖和一杯奶茶。

"今日食谱，麻辣烫和全糖奶茶。"

"你不是减肥营养师吗？"姚彤看着面前的外卖。

"我们减肥营养师也要根据情况工作，例如如果当事人的家属不同意减肥，我们就会变更方案。"赵时川一本正经地解释道。

"家属？"

"根据我的调查，用户51687，您的男朋友赵时川不同意您的减肥计划，所以暂时将减肥计划改为养小猪计划。"

姚彤反应了半天才反应过来。她发誓，她一定给那个App打五星好评——哦不，一百星好评。

这二十块钱，花得太值了。

第 三 章

听说冤家是柠檬味的（冤家是柠檬入口时的那丝酸爽，是紧蹙眉头后的回味无穷）

得罪上司怎么办

小霸王叫叶辞，方筱也不知道自己到底是怎么得罪他的，或许是因为她在来公司应聘的时候不小心上错了直达顶层的电梯，又不小心撞见了他和男秘书在办公室里调情，然后在出门的时候因为激动手抖，把奶茶倒在了他的地毯上……

总而言之，第一次见面，方筱就把小霸王彻彻底底得罪了。

她现在还记得当时她敲了三下门，很久没人搭理之后，推开门看到的画面：叶辞坐在办公桌旁，男秘书蹲在他身边，双手放在不可描述的位置。

而叶辞还催促着，快点快点。

她吃惊地把奶茶倒在了地毯上，然后在她说着"对不起"并且想要用卫生纸吸干奶茶的时候，棕色的地毯掉色了……

当时叶辞的脸色铁青，方筱一脸尴尬地道歉："对

不起，打扰你们了。"

好巧不巧，就在这一切发生的时候，公司的老总路过，目睹了一切。

紧接着方筱就红着脸逃离案发现场了。

叶辞是老总的儿子，在公司里混了个总监的职位，但是整天无所事事，平时在公司里横行霸道，所以私下里员工都称他一声"小霸王"。他对于这个称呼倒也觉得无所谓。

方筱应聘成功了，但是服装专业的她意外成了私人服装助理，而且这个"私人"偏偏就是小霸王。

方筱第一天工作的时候，小霸王看着方筱："怎么样？从服装设计变成了私人服装助理，是不是让你感激涕零？我特意交代的，方筱同志。"

不知道是不是心虚，方筱总是感觉他说这话的时候有些咬牙切齿。

事实证明，小霸王确实记仇了，而且确实是为了报复才交代人事部让方筱来这里办公。

第一周上班，方筱就因为服装不好看而被"遣送"回家三次，她家住得很远，来来回回很麻烦，但是没办法，毕竟小霸王是她的直属上司。

"这身衣服太没品位，你还是服装助理呢！形象不好，回家换去。"

可是她千辛万苦换完衣服回来之后，小霸王却说："我思考了一下，还是上一身衣服好看，去换回来吧。"

小霸王没什么正经事干，每天有充足的时间想着法子为难方筱这个"底层人民"。

不过方筱认了，因为她知道，上次的事情被老总撞见之后，老总一声令下辞退了小霸王的"情人"男秘书，还一脸黑线地拿走了那块褪色的地毯。至于地毯为什么褪色，方筱也不知道。

所以他怀恨在心，是理所当然的。

方筱有时候也会好奇小霸王和男秘书的感情史，甚至有一次午饭的时候，方筱大胆问出一直以来的疑问："那个……老板，你是上面的还是下面的？"

虽然她平时对这些不感兴趣，但是她的闺密是个"腐女"，听说这件事之后给方筱"科普"了大量知识，搞得她还是有些好奇的。

方筱想，小霸王虽然任性了些，但是毕竟也算个花样美男，特别是那双眼睛，还有卧蚕，怎么看都应该是下面的吧……

小霸王当场就生气了，拍着桌子就大声咋呼："你才是下面的呢！我不喜欢男人，这方面非常正常！"

他的声音大到让快餐店的人一下子安静下来，所有人都盯着这个站起身的小霸王。

方筱低下头去，可是小霸王似乎并没有发现别人的注视和身边的安静，继续没脸没皮地说：“不信你可以试试，看看我到底正常不正常。”

方筱差点没一口稀饭喷出来，她立即拉着闹腾的小霸王远离了那个全场都在憋笑的快餐店。

相处久了，方筱发现其实小霸王还是蛮可爱的，例如喝醉酒的时候。

小霸王因为长得比较显小，出门又没有带身份证的习惯，所以去酒吧喝酒的时候经常被当成未成年拉去派出所，这个时候方筱的手机一定会接到深夜求助短信。

小霸王：“筱筱，来警局接我一下，说你是我姐就行！”

于是她这个服装助理就得半夜爬起来飞奔到派出所，给警察解释一遍，说他真的已经成年了，只是长得显小而已。

出门的时候，醉醺醺的小霸王一定会红着耳朵反复交代方筱：“千万不要告诉我爸我去酒吧了，到派出所的事情也别说！”

“你不能不说我是你姐吗？显得我那么老。”方

筬对这件事一直有些介意，虽然小霸王长得嫩了一些，但是她明明比他小一岁，怎么就成姐了？

当然，在送他回家的时候，方筬也会"收获"很多：小霸王喝醉了之后简直和小孩子一模一样，什么事情都往外说。

"我不是同性恋。那天是我的秘书在帮我修拉链，结果被你那么一说，我爸都觉得我性取向为同性了！你知道那地毯为什么褪色吗？我当时想买跑车，老爷子不愿意，我就把办公室的地毯卖了，但是怕露馅，就买了个普通的地毯照着那个染了色，谁知道被你一擦，露馅了，而且是当着老爷子的面，我的跑车都被没收了。"

方筬这才知道为什么小霸王那么恨她。

与清醒的小霸王相比，方筬还是觉得醉酒的他更可爱一点。

被送回家的小霸王往床上一躺，然后硬拉住方筬，想让她验证一下自己到底是不是同性恋。

"我说你不信，我用实际行动证明给你看。"

还没反应过来，方筬就失去了平衡，一下子倒在小霸王的怀里，然后他一个翻身压上来，带着一股酒气吻了上来。

这个吻让方筬猝不及防，瞪大了眼睛推开了他，

然后飞奔去卫生间刷牙。

很不幸的是，她对酒精过敏，所以第二天嘴巴就肿了起来。

然而没心没肺的小霸王还理智地分析了这件事：方筱酒精过敏，在他喝酒的第二天早上嘴巴肿了，所以一定是她偷亲他。

方筱一脸问号，他到底是怎么得出这个结论的？

但是无论方筱怎么解释，小霸王都认定是方筱偷亲了他。

紧接着方筱走在公司里，同事都会坏笑着关怀一句："听说你这嘴巴是因为偷亲小霸王才肿的？"

方筱这才知道，小霸王当天早上，破天荒地开了个员工大会，正经事没说几件，却在闲聊的时候把这事说出去了。现在所有人都觉得方筱偷亲他这件事算是"实锤"了。

而更难缠的是那位小霸王不光不避嫌，还缠着她一起吃午饭。

方筱生怕自己会因为这事被辞退，格外小心翼翼，为了避免和小霸王"同框"，她故意去公司食堂吃饭。她知道小霸王不吃食堂的饭，每次都去外面吃。

果然，小霸王缠着她几天，可是食堂的饭他实在难以下咽，连着三天都没吃午饭之后，终于不再跟着

她去食堂了。

就在方筱准备松一口气的时候，又听说了一件惨绝人寰的事情：小霸王私自让食堂的全体员工带薪休假了，还把所有员工本月伙食费全报销了。

小霸王很得意："走吧，看你还怎么去食堂吃饭躲着我。"

方筱只能乖巧地跟着他去快餐店，为了防止他再让别的店带薪休假，她还是老实点，和他一起吃比较好。

方筱担心的事情还是发生了，这些事全部传到了老总的耳朵里。

雨天的时候，老总来到了方筱的小公寓。

她都想好了，如果老总甩给她一百万让她离开他儿子，她就开开心心地拿钱走人，做个没脸没皮的小富婆。

可是事与愿违，老总欣喜若狂地握住方筱的手："姑娘，我们家叶辞就交给你了！谢谢你让他不再喜欢男人，我们老叶家又可以传宗接代了！"

方筱一脸问号。这好像没有按照套路走啊，而且，她什么时候和小霸王在一起了？

老总走了半小时之后，门铃再次响起，这次，她打开门，看到门外站的是拎着行李箱的小霸王。

"你来干什么？"

"我爸说让我来传宗接代。"

方筱目瞪口呆，这父子俩办事效率倒还真高。

"我同意和你在一起了吗，你就住进来？"方筱看着勤奋地收拾着生活用品的小霸王。

"哦，好像少了个过程。"小霸王反应过来。

可是就在方筱觉得小霸王要深情告白的时候，他说："我想了很久，既然你那么喜欢我，我就从了你好了。"

她到底该怎么解释，那天晚上她真的没有偷亲他？

从那天开始，方筱的生活完全被这个小霸王打乱了，她依旧会去警察局领人，但不再是以姐姐的身份了。

"她是我老婆，我真的成年了，警察叔叔。"

我算了一下，你命里缺我

　　一大早，闺密的电话就打来了："小茶，快下楼看看你正在装修的店铺，出大事了！"

　　听到自己的宝贝店铺出事，小茶一下坐了起来，来不及收拾就出了门。

　　那个店铺是她花掉了这二十多年来存下的积蓄盘下的，就在自己小区门口，准备开一家宠物医院，还正在装修中，可不能出现任何差错。

　　小茶一边提鞋一边对着手机说："你倒是快说出了什么事情。"

　　闺密："还不是对面那家宠物医院，它东山再起了。"

　　小茶："怎么可能？"

　　她新开的宠物医院正对面确实还有家宠物医院，只不过那里装修老旧，客流稀少，小茶观察了一周也没见几个客人，很多人宁愿去更远的地方，都不愿去那里。

　　这才让她看到了商机，索性直接再开一家。

闺密的声音再次传来："怎么不可能,那个宠物医院新来了一个宠物医生,男的,姓李,比金城武还帅,我一大早经过那里,人都爆满了。"

小茶皱着眉,一路小跑到了小区门口,然后惊呆了。

这也太夸张了,原本连人影都没有的宠物医院,现在光是门外就站了两三个抱着狗狗排队的女人,而且一个个化着精致的妆,还穿着小裙子。

小茶立刻撸起袖子,想要冲进去一探究竟,突然发现自己两手空空,少个道具。小茶立刻拿起手机拨通了闺密的号码:"送狗来。"

五分钟后,一只巨大的萨摩耶和小茶一起走进了宠物医院。排了将近半小时的队,总算能够碰到那个医生的办公室门了,她却突然被扒拉了一下。

小茶一转身,看到了一个穿着白色T恤的男人,走路有些扭捏,从自己身边径直走了过去。

她刚想训斥这种插队行为,旁边的小护士就开口:"这位是李医生的家属,现在是李医生的休息时间。"

小茶似懂非懂地点了点头,又多嘴问了一句:"什么家属啊?"

小护士白了她一眼:"前任。"

小护士继续说:"这个小伙子很有钱,要不是因为他们分手了,现在李医生还在这个小伙子爸爸的公司工作呢。"

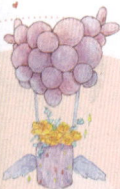

小茶有些尴尬。原来这迷倒万千少女的李医生喜欢男的。她还在愣神，门就打开了，那个刚才冲进去的男的怒气冲冲地走了出去，小茶才踏进了办公室的门，可是一进去就立刻傻眼了。怎么是他？小茶立刻用双手捂住了自己的脸，可是很显然那个人还是认出了自己。

李医生："怎么是你，小神棍？"

小茶尴尬地笑了笑。这事说来话长。当初她看中对面那个门面的时候，还有一个竞争者也想要，于是小茶就略施小计，冒充风水先生帮那个竞争者看了一下房子的风水。

她到现在还记得当时自己说的话："这可是凶宅，做什么生意都不行，相信我，换一个，我可是江湖人称'小神棍'的神算。"

当时就因为那个竞争者长得帅，她回去和闺密吹嘘了好一阵，万万没想到，他竟然就是这个宠物医生。

这世界可真是小。

小茶一紧张就容易来回走，咬着嘴唇在办公室走了两圈却不知道开口讲什么。

李医生："你来这儿遛狗吗？"然后继续道，"坐。"

小茶点了点头，立刻对着闺密的萨摩耶说："坐。"狗子毫无反应。

小茶生怕他发现这根本不是自己的狗，心虚地解

释："对不起啊医生，我家狗子它可能有点紧张。"

李医生："我说的是你，坐吧。"

李医生拿着听诊器给萨摩耶全方位检查了一遍，没有发现任何问题。李医生："狗狗叫什么名字啊？"

小茶瞬间慌乱了，她还真不知道闺密的这个狗子叫什么名字，于是现场编了一个出来："甜心。"

李医生一脸冷漠："它是公的。"

小茶再次慌乱："公的不能叫甜心吗？"

李医生："可以，甜心没有任何问题，你可以带着它出去了。"

从宠物医院出来，小茶恨不得找个地缝钻进去。

闺密来接自己家的狗子回家的时候，她立刻开始诉苦。

小茶："要是让他知道我赶走他，却自己开了个宠物医院，我还怎么做人，而且他在的话，我哪还有生意？"

闺密倒是冷静许多："那就赶走他！"

小茶冥思苦想了一整个晚上，才初步定下了计划。如果李医生是因为和前任分手才从上一个公司辞职的，那么只要让他们复合，他不就回去了？这样所有的问题就都迎刃而解了。

说办就办，为了让自己的宠物医院成功开业，小茶详细地把整个计划整理了一遍，自己负责李医生这

边，闺密负责搞定李医生前任，然后两个人一起撮合他们复合。这样既成就了美好姻缘，又能保住自己的店铺，简直就是两全其美、一箭双雕。

第二天，她再次抱着闺密家的狗子去了宠物医院，而且这次还带上了一张电影票。她很顺利地排了队进了办公室。

李医生抬眼看了一下小茶，挑眉："怎么又来了？"

小茶："我家狗子老是在家狂叫不止，我发现了，只有进了你这的办公室他才老实。"小茶随口编了一个理由，然后悄悄把电影票放在了桌角的书下面。

李医生："老是叫？还有什么异常吗？"

小茶："茶不思、饭不想。"

李医生看了一眼肥得流油的狗子

小茶揉了揉狗子的头，然后一脸委屈："看来医生也拿你没办法了，小甜心，妈妈带你去吃好吃的，我们一定要坚强！"

小茶的眉头紧皱，声情并茂，觉得自己如果去演戏，怎么说也是个影后级别的，就差声泪俱下、生离死别了。 然后她以飞快的速度抱着狗子逃离了现场。小茶出门的时候还特意给闺密打了电话询问消息。

闺密："放心吧，我已经成功加到了那个前任的微信，并且当面送了电影票，到时候他们一见面，电

影院气氛一到，准成功。"

小茶满意地点了点头。

三、二、一……果不其然，电话响了起来，就是李医生打来的。

李医生："你的电影票落在我这了。"

小茶："啊，那张啊，正好送你了，我要好好陪陪我家甜心，陪他度过生命的最后一段美好时光！"

李医生："没那么严重——"

小茶已经果断挂了电话。

现在万事俱备，就差明天临门一脚了。

为了确定两个人成功会面并且监督两个人和好，小茶大清早就来到电影院门口蹲点，躲在人形立牌后面东张西望。她还特意买了他们两个后一排的座位，想要见证这场历史性复合。

李医生早早就到了，买了一包爆米花，然后站在原地开始摆弄手机。

距离电影开场还有十分钟不到，那个前任竟然还没有来，小茶心虚地打开手机想要询问一下消息，谁知道竟然看到了李医生发来的微信。

李医生："你躲在人形立牌后面干什么？电影马上要开场了。"

小茶愣了，随后一抬头，果然看到了紧盯着自己的李医生。

她尴尬地挠了挠头，然后走出去，挥挥手："好巧啊。"

李医生将手里的电影票扬了扬："特意留下电影票，然后自己又买了同一场的，这种套路我见多了。"

小茶无语。

李医生："其实你要是直接约我，我说不定也会同意。"

小茶只能硬着头皮跟了进去。

到了电影院里面，小茶总算松了一口气，李医生的座位是第三排，她的座位是第四排，好在不用那么尴尬。

可是她刚刚坐定，李医生就从他自己的位置上站了起来，走向了第四排，然后对着小茶旁边的小姑娘说："能换一下位置吗？我妹妹她脑子不健全，买票买错了，我又不放心她一个人看电影。"

小姑娘立刻以一种万分同情的目光看着小茶，然后站起身走向了前面一排。李医生在她旁边坐了下来。

小茶："你干什么？"

李医生："怕你吃不到爆米花。"说完，把爆米花放在了中间。一整部电影，小茶都神色紧张地坐着，不敢有什么动作。

虽说这次行动的目的只是为了撮合他和他前任，可是这么一个活生生的大帅哥坐在面前，她怎么可能

不紧张。电影结束，小茶立刻冲出了电影院，看到外面的阳光才感觉自己稍微活过来了一些。李医生追了出来，手里还拎着被小茶忘记的包。

李医生："电影好看吗？"

小茶："好……好看啊，女主可真好看。"

李医生："这部是侦探片，没女主。"

小茶："哦。"她承认，刚才只顾着紧张了，确实没有看几眼电影。

就在这个时候，迎面走来的一个身影引起了小茶的注意，虽然这人换下了护士服，但是她还是记得，是当初那个告诉自己真相的小护士。

现在这个场景……

小茶站在电影院门口，手里握着两张票根，李医生站在一旁拎着她的包。

那个护士看了这边一下，然后白了一眼才离开。

很难想象，以她那张大嘴巴，这事之后会被传成什么样子。

刚刚回到家，小茶就收到了李医生发来的微信："明天晚上吃什么？"

小茶愣了一下，回复了两个问号，她看着聊天框显示"正在输入中"好几次，几分钟之后对方才回了信息："礼尚往来，你请我看了电影。"

小茶："好的。"

李医生回复了一段省略号。

李医生："女孩子不能说'好的'。"

小茶："那我应该说什么？"

李医生："哒。"

小茶："好哒。"

这段聊天就这么结束了，小茶却翻来覆去一整晚。

她竟然对一个喜欢男人的人心动了？为了防止这个想法继续生长，小茶连忙看了一眼放在自己桌子上的店面装修图，就算为了店铺，她也必须再努力一把。至于为什么那个男的没有去看电影，闺密那边也有了答复，闺密说，那个男的在电影快开场的时候发了一条信息给她："我们不合适。"

闺密一脸问号，原来这个男的以为自己看上他了？晚上的时候，小茶被闺密拉着吐槽到深夜，十二点多了才睡去。

第二天，小茶被电话铃声吵醒了。

电话里传来了李医生的声音："起床，下来帮我一个忙。"小茶昏昏沉沉，但是还是起床下了楼。今天的李医生穿着一身运动服，看起来是下来晨跑的。

小茶："你也住这个小区吗？"

李医生："是啊。"

小茶："从来没有见过你。"

李医生："你十一点之前从来没有醒过吧。"

小茶再次无语。

李医生："你家狗呢？"

小茶慌张了一下，握着自己的衣角，不知道该怎么解释。李医生笑了一下："我早就知道那不是你的狗了，你只是借着给狗看病，来看我吧。"这话貌似没有什么不合理的地方。

小茶点了点头，又摇了摇头。

小茶："你喊我下来是什么事啊？"

李医生："走吧，帮我看看风水。"

小茶被李医生带到了宠物医院里，因为太早没有开门，所以里面格外安静。

李医生："看看吧，帮我看一下怎么摆才能挡桃花。"小茶有些心虚，她根本不懂这些东西，上次也只是为了能把店铺占到手。

李医生："顾客太多，却没有几个真心来给狗狗看病的。"

小茶在屋子里转了很久，不安地把桌子上的摆件挪了又挪。

李医生："我觉得这么摆不行。"

小茶："我其实……"

可是话还没说完，李医生突然拉着小茶让她站到了办公室桌子的旁边："这么摆可以。"

李医生继续道："我需要一个助理，一是忙不开，二是需要她帮我挡桃花。"

还没等小茶说话，李医生就又开口："还有，那只哈士奇送你了。"

小茶看了一眼角落里的那只哈士奇。

李医生："以防今后你没有理由来找我。"

于是，整整一天，小茶都像吉祥物一样站在原地，旁边还蹲着一只狗子。

他确实没说错，有很多女顾客都不是奔着给狗狗看病来的，一坐下，那眼睛就没离开过李医生。

女顾客："我觉得你家里缺了一只狗狗，我这个就不错，还附赠一个女朋友。"说完还把自己家的泰迪往前推了推。

李医生："对不起，狗子有了，女朋友也有了。"

小茶和哈士奇一起茫然。

这么一天，她就不知道遭受多少白眼了。

晚上吃饭的时候，小茶的闺密打来了视频电话，她虽然有些尴尬，但还是接通了。

闺密："你知道吗？李医生不喜欢男的，那个男的不是李医生前任，哎呀，是那个护士心怀不轨，对谁都这么说，为的就是不让女生接近李医生！"

小茶开的是外放，李医生在旁边也听得一清二楚。

小茶："那个男的不是前任？"

闺密："别老'那个男的''那个男的'这么喊着，现在他是我男朋友。"

闺密说完，就把电话挂断了。小茶听着忙音，有些尴尬。

李医生在旁边把剥好的虾夹到了小茶的盘子里，然后开口："那是我表弟，他前段时间说有个女生请他看电影，还说那个女生癞蛤蟆想吃天鹅肉，后来，还是被吃到了"。

小茶："刚开始确实是个误会。"

李医生："那你呢？"

小茶："什么？"

李医生："你想吃天鹅肉吗？"

小茶脸红了起来："不想。不对，你才是癞蛤蟆。"

李医生笑了："对，我是，那我想吃天鹅肉。"

小茶看着他，有些不知所措。

李医生又开口："怎么，你闺密配我表弟，你不想让我们两家亲上加亲吗？"

小茶："其实，天鹅也想被癞蛤蟆吃。"

之后，事情就有了质的转变。

小区门外两家宠物医院面对面开着。一家叫"老板宠物"，而另一家叫"老板娘宠物"。

虽然还是李医生的那家生意红火一些，但是花痴的女顾客却少了很多，听说是总有个女人去店里查岗。

这不，一个貌美的女顾客刚刚坐下，办公室里就闯进来一个牵着哈士奇的小茶。

　　小茶："你这个月已经来了十几次了，你家狗狗身体那么不好吗？"

　　女顾客："你算老几？店是你家的吗？你说不让我来我就不来啊？"

　　李医生："抱歉，不光店是她的，我也是她的。"

　　女顾客果然被气走了。

　　小茶这才把做好的饭放到了李医生的面前。

　　李医生："其实我瞒着你一件事。"

　　小茶："什么事？"

　　李医生："我也是个神棍，见你第一面就算出来，你命里缺我。"

教练你不能区别对待

01

"你也不带这么明目张胆地抢学生吧!"

"哎哟刘姐,你就把这个学生给我嘛,我最近真的没有什么人可教了。"姜檬开启软磨硬泡模式。

"好好好,那就让你去教吧。我看你啊,就是看人家长得好看。"刘姐终于肯把手上的资料放在桌子上了。姜檬窃喜,把拿到手的资料翻看了一遍。

郑南一,这名字真好听,一看就是个可爱的"小正太"。

她是个普通的小职员,周六、周日休息时就来这跆拳道馆里兼职,凭着自己的段位做个跆拳道教练。

至于这个叫郑南一的男生嘛……昨天她在馆里闲着没事四处晃悠,一眼就看到了正在跟着刘姐训练的他。他是标准的"小奶狗"长相,关键是穿衣显瘦,脱衣有肉,一下子就让她移不开视线了,站在外面看了许久。

今天，她立刻出手，把单独指导他的机会要到了自己手上。

姜檬对着镜子整理了一下自己的跆拳道服，然后还不忘把扎起来的头发披散下来，这才胸有成竹地走去训练场。

一进场地，她果然看到了刚刚来到这里的郑南一，她说道："你好，我是你的教练，姓姜，喊我姐姐就行。"

姜檬有些后悔了，近距离看，郑南一简直就是个未成年人，皮肤白白嫩嫩，仿佛一掐就能出水的那种。

"刘姐不教了？"郑南一开口。

嗯，声音也那么好听。

"她……有点事情，拜托我教你，你知道的，我平时很忙的，金牌教练，然后今天好不容易抽空……"姜檬滔滔不绝。

"直接开始吧。"郑南一直接打断了姜檬的吹牛，还不耐烦地看了一眼自己手腕上的手表。

姜檬也不耽误，立刻开启教学模式，只不过，还掺杂着几丝调戏："弟弟，你是哪个学校的？你真的好高啊。

"你胳膊也好软……

"作业如果有不会的，姐姐可以教你啊。"

一整套动作下来，郑南一一个问题也没有回答，反而不耐烦的神色加深了许多。

"你学习成绩很好？"快结束的时候，郑南一总算说话了，"数学题会做吗？"

有了这么一个表现自己的机会，姜檬当然不会放过："当然，我最擅长的就是数学，我过去可是数学课代表。"她说这话实际上是有些心虚的，她曾经数学最差，还经常挂科。但是她心想对方毕竟是上学的小孩子，话随便讲讲，他总不能真拿出一套卷子……

"这个题怎么做？"没想到，郑南一竟然真从包里拿出了一套卷子，上面还有用红笔圈起来的一道题。

"我看看。"姜檬读完题就呆在了原地。

现在的题目都那么难的吗？

"你……容我带回去想想。"姜檬有些尴尬。

"好。"郑南一倒没有继续为难她，只是勾起嘴角笑了一下，准备转身离开。

"哎，等一下，留个联系方式吧。"姜檬鼓起勇气。

"怎么？"

"这不是方便以后给你讲题吗。"

"哦。"

郑南一把自己的微信留下了。

姜檬不敢相信，自己竟然要了一个高中生的微信。

可是没办法，不是她没志气，是她真的没见过长相这么"可口"的"小正太"。

回到家之后，姜檬把两套手抄的解题方案发给了郑南一。

很快，对面就有了回复。

郑南一：“辛苦了。”

姜檬立刻发了个可爱的表情包，然后说："没事，有不会的记得问姐姐哦，姐姐可是学霸。"

郑南一：“我的意思是，你抄得辛苦了。”

姜檬语塞。

郑南一：“第一种方法是作业帮上的，第二种是小猿搜题上的，我没记错吧。”

姜檬：“……”

确实，她把手机上搜到的答案抄了一遍。

姜檬立刻把手机按成了黑屏，然后窝进了被子里。

现在是真的没脸见人了。

02

“今天要来的可是大人物，我们老总的孙子，听说是国外留学过好几年的，未来公司的继承人。”

一大清早，这种小道消息就传得四处都是，姜檬也对这个老总的孙子有了些好奇心。

“那边那边，那个好像就是。”

姜檬笑着看过去，但是下一秒表情僵在脸上了。

她本以为冒充学霸却遇到真学霸就已经够惨的了，没想到更倒霉的事情发生了。

自己调戏的小学弟，竟然是自己的上司？

姜檬努力藏在人群中央，心虚地低着头不敢说话，直到那个万众瞩目的郑南一从她身边走了过去，才敢抬头。

"他多大了？"姜檬看着那个穿西装的背影，怎么看都感觉是个偷穿家里西服的学生。

"二十六。"

同事一句话直接让姜檬愣在了原地。

看来这次完了，如果让他知道自己就是那个跆拳道馆里的"怪姐姐"，那岂不是……

就在姜檬努力想着怎么隐藏身份的时候，秘书从办公室里走了出来，开口就说："有叫姜檬的吗？来郑总办公室一下。"

是福不是祸，是祸躲不过。

姜檬一咬牙，直接敲响了郑南一的办公室门，走了进去。

"郑……郑总。"

"姐姐，过来给我捏捏肩？"郑南一坐在办公椅上，看着垂头丧气的姜檬，努力憋笑，但是声音依旧是一副正经的样子。

听到姐姐这个称呼，姜檬直冒冷汗，连忙点头，然后走了过去。

"怎么样姐姐，我的胳膊软吧。"郑南一接着开口。

"软……"姜檬一开口，又意识到了什么，"不不不，不软。"

昨天自己说他胳膊软的画面历历在目。她一身冷汗，感觉在这个办公室里喘气都格外困难，只能屏住呼吸用手轻轻按着。

"你不是学生吗？怎么……"姜檬抿了抿嘴，在心里暗暗叹气。

"我什么时候说自己是学生了？"

"那你那个数学卷子……"

"是我小侄子的作业，对了，明天记得带回来，他开学要交的。"

姜檬无语。

从不调戏小男生，一调戏就准确定位了自己的上司，她真是佩服自己的运气，简直就是百发百中。

一整个下午，姜檬被折腾得够呛。

她先是被喊去帮他捶肩好几次，然后又被派去给整个办公室买奶茶。

她算是得罪神仙人物了。而到了晚上，姜檬才知道什么叫喝凉水都塞牙。

她把上司小侄子的卷子弄丢了。

本来就是那么小的一张卷子，她又爱乱丢东西，昨天晚上"兵荒马乱"的，现在哪里都找遍了还是找不到。

姜檬连忙给郑南一发了条消息："我好像找不到卷子了。"

郑南一："不愧是姐姐。"

姜檬无语。

第二天一早，姜檬就听到了郑总在召唤她的消息。

"我错了郑总，任你处罚。"姜檬垂头丧气，知道今天可能又得做苦力了。

"这次不是我要处罚你了，是他。"郑南一挑眉，示意她看向办公室里的沙发。

姜檬看过去，一个肉乎乎的小孩子坐在沙发上，可能因为体重过重，沙发的表面陷了下去，而他坐在那里，掐着腰，紧皱眉头，嘟着嘴。

这个小孩看起来就不可爱。

而且……这人看起来像个小学生。

难道郑南一家里人都这么显小的吗？

"弟弟，你读几年级了？"

"我今年初一，你做不出来的那份，是初一的数学卷子。"

小胖墩人小鬼大的样子，眼神里竟然还有些轻蔑，和郑南一简直就是一个模子里刻出来的。

姜檬无语。这下真是丢人丢到家了。

"我不想参与你们的个人纠纷，你们去外面解决吧，给你一天时间，晚上六点把果果送回来就好。"郑南一抛下这句话。

"我不要，叔叔，我不和笨蛋相处！"小胖墩站起来气呼呼地说。

姜檬无语。

这是解决个人纠纷？这分明就是把看孩子的工作甩在自己身上。

姜檬一脸怨恨地看了一眼郑南一，这才拉着一脸不情愿的小胖墩出了公司。

办公室里只剩下了郑南一一个人，他拿起正在响的手机，接通了："爷爷您放心吧，小侄子在我儿这没问题，晚上六点多您来接他就行了。"

挂断电话，他勾起嘴角。

他这个小侄子，上次来办公室打碎了三个花瓶，打翻了一个墨水瓶，染黑了一沓文件，又哭着闹着要吃肯德基……

今天总算能够轻松一下了。

03

"我要吃冰激凌。"小胖墩一出门，就嘟着嘴指着一家甜品店。

"大哥，现在是冬天。"

"我就要吃！"

姜檬无奈，只能拉着他去了甜品店。

谁知道这孩子得寸进尺，又闹着要吃鸡腿汉堡、薯条、鸡翅，简直把菜单上所有的东西都点了个遍。

"别吃了，姐姐的钱包要空了。"姜檬小声说着。

"你把我的卷子弄丢了，这是我的回报！"小胖墩倒是有理，吃着汉堡还不忘调侃两句，"听我叔叔说，你要追他？"

"小孩子懂什么追不追的，吃你的汉堡。"姜檬被戳中了心事，只不过现在这个情况，她哪儿还敢有什么行动。

"没戏的。"

姜檬心里一动："为什么，家里给他安排老婆了？"

像郑南一这种单身总裁，家里应该会安排联姻什么的吧，小说里不都这么写……

"你少看点总裁小说，你追不到的原因是，我叔叔不会喜欢笨蛋的。"小胖墩一脸嘲笑。

姜檬无语。

"吃完饭我要去游乐园。"小胖墩一副命令的语气。

"好，我带你去个地方。"姜檬想到了什么，笑了一下。

傍晚六点整，姜檬推开了郑南一办公室的门，身后跟着小胖墩。

郑南一本想看一天下来她被折腾成了什么样子，

却目睹了姜檬往沙发上一坐，小胖墩主动接了一杯热水递上去的场景。

"淡定，人格魅力。"姜檬抿了一口热水，挑眉看着一脸吃惊的郑南一。

其实她也没做什么，就是带着小胖墩去了一趟跆拳道馆，然后让同事配合着自己表演了几套过肩摔，出门后小家伙就老老实实的了，一下午也没乱要东西，也不敢随口喊她笨蛋了，还交代了许多他小叔叔的兴趣爱好。

说完，姜檬又挑眉示意小胖墩上前去。

小胖墩接到指令，站到了郑南一的面前："叔叔，我想让姐姐周六去家里教我跆拳道。"

姜檬点点头，嗯，很好。

"因为姐姐很厉害，打跆拳道很帅。"

姜檬又点点头，嗯，非常好。

"这些话是姐姐交代我说的，她说让我到时候要多给你们留点空间，然后她好对你上下其手。"

姜檬连忙跑过去捂住了小胖墩的嘴。

她明明说的是"多留给他们一点空间，例如厨房打打下手什么的"，怎么就变成了上下其手了？

她转头看向郑南一，见他嘴角勾起，好像在憋笑，眼睛里带着一点笑意，一只手在桌子上，手指慢慢敲着节奏。

姜檬的心脏又不争气地漏跳了半拍。

这该死的美色。

本来以为只是说着玩玩，没想到姜檬竟然真的接到了邀请，成了郑南一和小胖墩的私人跆拳道教练。

一大一小，两个人准时来到了跆拳道馆。

"早。"姜檬笑了一下。

"你迟到了三分钟零一秒，工资会扣三块六毛七。"郑南一看了一下手表。

姜檬无语。

她终于知道为什么眼前这个男人可以年纪轻轻坐上总裁之位了，可能靠的就是这种分秒必争的精神。

"开始吧。"

姜檬不敢再耽误，开始了第一项训练。

第一个训练是体能基础，本来是做俯卧撑，但是小胖墩不知道为什么闹着要做仰卧起坐，而且还非要她帮着压腿。姜檬刚开始帮小胖墩压腿的时候还好，坐在他脚上，帮他数着个数。

可是到了郑南一。

姜檬愣在原地，看着躺在地上的郑南一，不知道要做何动作。

"怎么，都是学员，还要区别对待吗？"郑南一看着姜檬。

"没有没有。"姜檬坐在了他的脚上，两只手环绕住他弓起的膝盖，"一、二……"

每数一次，郑南一就起一次身。

两个人的距离就会猛然拉近，属于他的呼吸突然打在姜檬的脸颊上，弄得她满脸通红。

一套运动结束，郑南一的额角带着汗水，姜檬的脸也红了个通透。

真是该死，她怎么老是心动？

04

就这样，姜檬工作日正常上班，周末的时候就做他们俩的私人教练。

不过，新问题出现了。事情是这样的，郑南一出国出差，所以这周就只有小胖墩一个人来学跆拳道，本来一切顺利，谁知道傍晚的时候，最后一项训练，小胖墩突然倒在了地上，捂着肚子说肚子疼。

这可吓坏了姜檬，抱着他就去了医院。

因为不想打扰正在国外开会的郑南一，就联系了自己在医院的朋友。

"他没事吧？"姜檬站在病房外面。

"就是吃多了，胃胀气。"刘医生是姜檬的小学同学，两个人算是一起长大的，有了他这句话，她也算放心了很多。

姜檬在医院守了一下午，晚上的时候才出去买饭，

谁知道拎着饭回来的时候竟然看到了郑南一。

"你怎么回来了？"

"你怎么看的果果，他怎么胃胀气了？"郑南一皱着眉头，说完又帮小胖墩交了医药费，交代了医生之后才离开。

直到郑南一从医院离开，姜檬还是有些蒙的状态。

"小胖墩……你叔叔真是太喜欢你了，知道你胃胀气，从国外赶回来。"姜檬把小胖墩的被子拉好。

"笨女人，你以为他是为了我回来的吗？"小胖墩把自己的手机递了出去。

姜檬接过手机，页面上是小胖墩发的一条朋友圈。文案是："教练好像和这个医生关系很好，我又撞破了什么八卦？"

配图竟然是她刚才站在门外和刘医生聊天的画面。而点赞里就有郑南一的身影。

"我就算撑死了，叔叔都不会那么在意的，他那么'重色轻侄'的人。"

他是为了这个回来的？

身后的房门被推开，而走进来的是刘医生："我说小姜，刚才那个男的是你弟弟吗？过来把我问了一遍，身高、年龄，还有咱俩的关系，直到问到我已婚才转身离开，他是调查户口的吗？到底是谁啊？"刘医生一脸莫名其妙。

小胖墩在床上偷笑着。

"说来话长,那个人……可能是我未来男朋友吧。"姜檬这么回答。

小胖墩这个时候又插嘴:"把'可能'两个字去掉吧,你知道上次我为什么让你帮我做仰卧起坐吗?"

"因为你做不起来?"姜檬皱眉。

"你还真是笨。那天我和小叔叔一起看电视剧,电视剧里播放男主女主一起做仰卧起坐,然后吻在一起了,小叔叔看了半天交代我,一定要闹着让你帮我按着腿。"

姜檬无语。

"还不懂吗?这样他就有机会用"不能区别对待"的借口,让你也扶着他了。"

小胖墩无奈,自己这个叔母的智商真是让人担忧。

而这个时候,姜檬的手机也收到了微信。

郑南一:"你这么不负责任,今后不要做果果的教练了吧。"

姜檬:"对不起,这次……"

郑南一:"做叔母吧,不用智商。"

05

周一,姜檬又去上班了,一进办公室就看到了出院的小胖墩。小胖墩张开手臂:"教练,抱一下。"

姜檬笑着把他搂在怀里，揉了揉脑袋。

这个时候，身后突然响起了郑南一的声音："教练，你可不能区别对待。"

办公室里的员工都吃惊地看着平日冷漠的老板像个小孩子一样张开双臂。

姜檬无语。得了，这下她连"官宣词"都不用想了，直接现场公开了。

我的"舅舅"是我学弟

01

于姗怎么都没想到，自己在单亲家庭生活了十几年，老爸突然就带着一个女人，把这个家强行圆满了。

老爸找媳妇，她不反对，可是……

这女人叫顾桂芳，是他们家公寓楼下新开的咖啡厅的老板，于姗去过好几次，和她都混得很熟了。

这突然间，自己的朋友变成了自己的妈妈？

"老爸，你是不是和我开玩笑？"于姗坐在沙发上，一脸正经。

"没有，其实你顾阿姨开咖啡厅就是为了让你熟悉她，知道你喜欢喝咖啡嘛，借着这个和你打好关系。"老爸的样子丝毫不像是在开玩笑。

于姗一脸茫然。

所以，于姗拿她当姐妹，她却把于姗当女儿？这件事本来就很让她接受不了了，谁知道老爸又抛下一

个重磅炸弹。

"小屿，出来一下。"老爸朝着里面那间屋子说了一句。

下一秒，一个目测一米八五的男生穿着睡衣走了出来，头发微卷，五官清秀，看起来和于姗的年龄差不多。

"这……"于姗掐了一下自己的人中。

这位难不成是顾阿姨的儿子？可是这顾阿姨看起来也不到四十岁的样子，要是这么推算起来的话……

老爸："喊小舅舅，这是你顾阿姨的弟弟。"

于姗无语。

于是，于姗就这么莫名其妙拥有了一个亲人。

听老爸介绍，这小"舅舅"叫顾屿。

不介绍不知道，一介绍吓一跳。

于姗这才知道什么是家长口中的"别人家孩子"。这个人从小到大拿过无数次奖，考试就没拿过第二名，全都是第一。他平时没有别的爱好，就爱读书，这次搬过来，原本空着的书柜一下子全被填满了。

他不是顾阿姨的亲弟弟，而是一直被顾阿姨资助的孤儿，久而久之，像一家人一样。

好吧她认了。

可关键是，这个小"舅舅"比她还小一岁。

她花了整整一天的时间才说服了自己，接受了现实，并且一大早就收拾行李，提前去了学校。

她现在大二，反正一学期回家的次数不多，这个小"舅舅"，她就当不存在好了。

可是万万没想到，她在学校刚过几天安稳日子，又一个晴天大霹雳直接劈在了她头顶。

起因是这样的，学校播音社派她去大一那儿抢一个新生入社，听说很多社团都盯着这个人才，学长还交代了她一定要争取到才行。

可是，到了新生教学楼，于姗又傻眼了。小"舅舅"就是这位学弟？

顾屿站在各个社团派出的人员中央，艰难地挥了挥手："又见面了，小外甥。"

于姗连忙用传单挡住了自己的脸。

那些社团为了抢这个风云人物，可算是花尽了心思，围着他疯狂介绍。

"学弟，我们动漫社有超级多可爱妹子，每周都会有聚餐，没有任何收费，环境超级好……"

"学弟学弟，我们舞蹈团就缺你这样的人才，高高瘦瘦，一定吸引很多小妹妹。而且我们是专业的，免费教学，学校的每场演出都有我们的节目……"

于姗嘴角抽搐，想着来都来了，自己怎么都得意思一下吧。

于是她上前说："学弟，我是播……"

顾屿："好。"

就这样，小"舅舅"进入了播音社。

而且社团第一次开会，顾屿就直接介绍："我叫顾屿，是于姗的家属，今后她要是犯什么错误，可以直接和我沟通。"

于姗看着台下一脸诧异的同学，尴尬地点了点头。

她这个小"舅舅"虽然看起来一副小绵羊的样子，却成熟得不得了。

例如自从他成了自己学弟，于姗每天早上准会被手机铃声喊醒，然后被迫陪着他锻炼身体。

例如每天午饭，顾屿准给她的碗里夹上几个肉丸子，美其名曰她还要长身体。

每次于姗气鼓鼓地问"你为什么这么做？"的时候，顾屿总会眉毛一挑，说上一句同样的话："因为我是你长辈，小朋友就要听小'舅舅'的话。"

于姗回到宿舍，还要被女生们各种盘问。

"于姗，可以啊，你看你经常和我们的小学弟走在一起，那可是公认的一朵花，被你采去了。"一个嗑着瓜子的女生走进于姗的宿舍。

于姗抬眼看了一下。

她记得这个女生，隔壁宿舍的，民舞专业的女生。

但是她该怎么解释？说顾屿是自己突然多出的小"舅舅"，同时也是自己的学弟加生活监督委员？

怎么听都像在瞎编。

"朋友而已。"

"是吗？那帮我送封情书。"

于姗满脸问号，但是那女生激动地把情书放在桌子上，抛了个媚眼就离开了，她连说话的机会都没有。她无奈地摇了摇头，然后继续低下头做高数题。

这题是顾屿出的，而且只给于姗一个晚上的时间，如果做不出来，周六就要在图书馆看一天的书。

她本来觉得一道题而已，还是大一学弟出的，能有多困难，可是拿到手，她才知道什么叫作智商上的绝对碾压。直到半夜十二点，于姗咬坏了三个笔头，睡着了四次，还是没有做出来。

02

第二天，她果然又被铃声吵醒了。"起床，图书馆见。"电话里传来顾屿的声音。

于姗迷迷糊糊，气不打一处来："你不是说没做出来才去图书馆吗？"

"我对你有信心，你一定做不出来。"

就这样，于姗带着黑眼圈赶去了图书馆，踏进去的时候，顾屿已经坐在那里了。

他今天戴了一副简单的眼镜，微微蹙眉坐在最靠窗的位置上，阳光洒在他的睫毛上，有种时光静好的感觉。要不是她熟悉他，还真的会以为这是个单纯无知的小学弟。她就不明白了，他小小年纪，总是装一副大人的模样也不嫌累，KTV和电影院没去过几次，图书馆倒是每个角落都逛过了。

于姗挑了几本自己喜欢的书，坐到了顾屿对面。

他抬头，看了一眼于姗面前的书，然后皱眉："这些是什么？"

于姗托着腮："怎么了'小舅舅'？我答应你来图书馆一整天，又没说我要看什么书。"

顾屿又看了她拿来的书一眼，《总裁的一纸婚约》《笑话大全》《如何做气质美人》《减肥食谱》……他的嘴角抽搐了一下。

于姗也偷瞄了一眼他正在看的书。嗯，都是英文，看不懂。

虽说是一些课外书，可是要于姗沉下心来看一整天还是十分艰难的。

"我饿了。"

"好。"

就在于姗激动地以为自己有机会出去溜达一圈的时候，顾屿从书包里拿出了饭盒。

顾屿："我们一起去休息室吃吧。"

于姗实在不敢相信，顾屿竟然自己做了便当拿来图书馆吃。

但是不得不承认，味道确实一级棒，而且色彩的搭配让人看了就很有食欲。吃着饭，她的身后突然传来了一个声音："哟，我说怎么不让我们吃，原来这是做给学姐的。"

于姗一转头，看到了一个穿着篮球服的男生走进图书馆休息室，对着他们的方向笑了笑。

"这是我室友。"顾屿介绍道。

那个男生走近了一些："学姐，你是不知道，这小子五点就起来做便当，我们几个硬抢都抢不来，他直接塞进包里了。"

于姗抬头看了一眼顾屿，不知道是不是错觉，他好像脸红了。

看起来，虽然他老是故作老成，但还是个毛头小子，这么一低头还挺可爱的。

于姗抑制住了自己内心想要揉一揉他的想法，咳嗽了一下继续吃饭。

傍晚的时候他们才从图书馆出来，外面月色刚好，只不过稍微有些冷。还没走两步，顾屿就站定，把自己的外套脱了下来，就在于姗满怀期待地以为他会把外套递给自己的时候，他把衣服挂在了手臂上。

顾屿："有些热。"

于姗："哦。"

到了女生宿舍楼下，于姗才想起来那封放在自己口袋里要代送的情书。

"这是……"于姗把手里的那封包装十分精美的情书递了出去，"隔壁的一个民舞专业的小姐姐让我给你的。"

"哦。"

直到回到宿舍，于姗还是感觉心里空落落的，想起那封情书，就有些不自在。接下来的几天，于姗一直都在注意那个民舞专业的女生，她确实很好看，也很有气质，比自己强上不知道多少倍。

可是一想到她和顾屿走在一起的画面，于姗的心里就不是滋味。

"你这是喜欢顾屿呗。"

闺密听完了，直接抛下这么一句话离开了，剩下于姗一个人愁眉苦脸。

她喜欢小"舅舅"吗？

转眼到了十月一日假期，于姗放假回家了，本以为可以放下那些乱七八糟的烦心事，好好过七天，没想到第一晚就被告状了。

"于姗在学校很不乖，各科也都很一般，特别是高数，测试差一点就没及格。"顾屿一边吃着饭，一边一脸冷漠地把所有事情说了出来。果然，父亲大人当即下令："国庆七天，在家补习。"

第一天，顾屿给于姗出了三道高数题，让她尽快做完，然后他自己在旁边吃掉了所有的水果，还说是因为水果太凉了，她不能吃。第二天，顾屿因为于姗做不出来而降低了难度又出了三题，然后开始吃水果。

第三天，题的难度再次降低，他继续吃水果……第六天，于姗终于发飙了。"你每天就知道抢我水果吃，我怎么能安心做题？就知道欺负我，什么都不懂，故作老成的小屁孩！"于姗说的时候感觉有些委屈。

顾屿："对，我就是喜欢欺负你。"说完，他转身走了出去。

就在于姗觉得他生气了的时候，顾屿又走了进来，这次手里拿着一本巨厚无比的书："把这本书看完，给你一下午的时间。"

于姗看着他手中和字典差不多厚度的书，嘴角

抽搐。

晚上的时候，顾屿果然过来敲门询问进度，于姗敷衍了事："看完了。"

门外沉默了一会儿，然后才说话："那第四百零九页那句用笔画出来的句子你看了吗？"

于姗皱着眉头从床上爬起来，然后翻到了第四百零九页。

密密麻麻的文字，只有一行被用荧光笔画了下来。

科学研究表明，男生总是欺负自己喜欢的女生。

于姗愣住了，好久才反应过来。

她这是被丘比特眷顾了？

"当时你送给我情书的时候，我的心一直在跳，但是知道是代送之后又生了好几天的气。我研究了很多书，英国理工生化博士说爱情是一种叫苯基乙胺的激素，在正常情况下，人体内的苯基乙胺处于相当稳定的状态，但是当你遇到某个人的时候，这种物质会随着视觉和感官的变化而增多，那么——"

"说人话。"

"研究结果表明，我喜欢你。"

国庆假期第七天，于姗和顾屿老老实实站在了家长面前，把一切事情坦白从宽。本以为会是一场世纪

大战，谁知道老爹和顾阿姨欢天喜地地开始商量如何把于姗和顾屿的房间打通成一间。

于姗一脸黑线，总觉得自己不是亲生的。

后来嘛……

回到了学校，于姗介绍顾屿的时候又麻烦了很多，变成了："这是我突然多出的一个小'舅舅'，同时也是我的学弟加生活监督委员，兼男朋友。"

后来的后来，顾屿爱装老成的坏毛病还是没有改掉。

例如……床上。

"听话，就今晚。"顾屿耳根泛红，嘴中呼出的热气直接喷在于姗的脖子上。

"为什么？"

"因为小朋友就要听小'舅舅'的话。"

真的只是打扫卫生而已

员工大会上，新来的年轻老总发火了，而且是发了很大的火。

他说公司纪律松懈、员工懒散，竟然还有人在办公室吃零食，最过分的是办公桌的抽屉里塞得满满的，都是可口可乐。

若初在位子上坐立不安。

旁边的同事戳了她一下："吃零食的是谁啊？还让新来的魔头看见了，这不是找死吗？"

若初："是……是啊。"说罢，她抬头看了一眼演讲台上的魔头。

这个魔头是公司新调来的年轻领导，长得是真的养眼，但是来公司不到一上午就弄得人心惶惶，所以就落得了个"魔头"的外号。

若初好不容易硬着头皮听完了训话，正当她准备

埋头离开的时候，魔头突然又说话了。

魔头："宋若初留一下。"

若初顿时感觉世界崩塌，果然，该来的还是躲不过。

同事问："你和魔头认识啊？"

若初无语，心想：我现在的脸色，难道看起来像是要去叙旧吗？

她发誓，自己和魔头真的不认识。

准确地说，是上午之前不认识。

这事说来话长。

02

早上得知领导来视察，若初连忙联系了家政公司。

她的独立办公室简直和灾难现场一样。

小时工半小时之后就来了，一进门就嘴角抽搐地看着办公室的地面。

桌子上满是废纸，咖啡洒了一地，沙发上的旧材料已经和山一样高了……

若初尴尬地笑了一下："对不住啊，你得快点收拾，我们领导马上来了，听说是个秃顶，人还凶，我这也是无计可施才请你来收拾一下……"

若初解释一番之后，小时工还是不动手，转身就要离开。

若初一下子抓住他的衣角，可是不小心用力过猛，蓝色的员工 T 恤一下就被拽烂了。

若初盯着小时工露出的那么一小段腰咽了下口水："对……对不起啊，员工 T 恤多少钱，我赔给你。"

小时工一脸黑线地捂住自己的腰。

若初翻来翻去找到了五十一块钱，然后塞到了小时工手里。

他们公司的员工 T 恤是二十块钱，给他五十块钱应该绰绰有余。

小时工："你……"

若初："不用客气不用客气，剩下的钱就当是给你的补偿。"说罢她还腼腆一笑。

看小时工的脸色似乎还是不怎么好，若初连忙打开自己的抽屉，从里面拿出一罐可乐。

看着他弱不禁风的样子，若初为了表达自己的歉意，还帮他把可乐罐给打开了，随后一伸手，可乐准确无误地洒到了小时工的白色裤子上。

若初发誓自己真的不是故意的。

她手忙脚乱地去擦，却发现那污渍越擦越大。

若初："我……"

小时工："你叫什么名字？"

若初："宋若初。你叫啥呀？我一定给你好评。"

小时工嘴角又抽搐了一下："我叫老秃顶。"

若初一时愣怔。

03

半个小时之后，若初才知道自己请的小时工被堵在路上了，来的这位，是老总。

若初好像一口气喝了十瓶可口可乐一样，气不打一处来。

无论小说还是电视剧，老总哪个不是秃顶、啤酒肚？这不符合设定啊，是个小青年也就算了，还长得那么秀色可餐，这谁能认出来啊？

人群散去之后，若初低着头跟在魔头身后，大气不敢喘一口，到了顶层办公室才敢抬头看那么一眼。

魔头坐到了老总椅上："先谈一下我的 T 恤和裤子的赔偿问题。"

若初想起自己塞给魔头的那五十块钱，现在看来，塞牙缝都不够了。

若初："多……多少钱啊？"

魔头伸了五个手指。

若初："五……百？"

魔头："不是。"

若初："五……千？"

魔头："不是。"

若初冷汗已经下来了。

魔头冷笑了一下：“你五个月工资。”

若初语塞。

04

等若初从办公室灰头土脸地出来的时候已是深夜。

至于为什么留到那么晚，不是谈工作，更不是潜规则，而是打扫卫生。

魔头说这叫以其人之道，还治其人之身。

若初悔青了肠子，当初怎么就想起来让这个魔头给自己打扫卫生的呢？

第二天回到公司，她全身上下又酸又痛，走路都一瘸一拐。

同事问：“这是怎么了？”

若初：“还不是魔头给折腾的……”

就这么一句话，等她从食堂回来之后，就已经人传人，变成了若初让魔头潜规则了，还折腾了一整晚。

若初无语。

流言四起，若初四处解释了整整一上午，才说清楚她和新来的老总真的半毛钱关系都没有。

好不容易让大家的八卦之心平定下来了，可是她刚刚坐下，就听到了有人在唤她。

魔头的助理站在办公室门口说："老总喊你过去，让你把昨天的工具都带着。哦对了，安全起见，老总还说你下楼买个套子去。"

这话一出，办公室瞬间炸了锅。

若初语塞。

等她狂奔上去，才知道老总助理话里的意思。

魔头："套子？手套啊，今天擦玻璃，可不是要注意安全嘛。"

若初无语。

05

这玻璃一擦又是一下午，明明已经够干净了，可是魔头还是不满意。

魔头："你明天再来擦吧，记得带套。"

若初："老总咱商量一下，今后能不说套吗？"

魔头："用都用了，你害羞什么？"

若初一脸茫然，这才发现门外站着上来找自己的同事。她明白过来，魔头这哪里是不会表达啊，这是故意整自己呢！

果然不出几天，若初和魔头的事情就传出了十八个版本。

这几天，若初在魔头办公室进进出出，累得腰酸腿疼，有时候连午饭都得给魔头准备好。

若初恨得咬牙切齿："您看我这个保姆，用得还满意吗？"

魔头："会给你好评的。"

若初无语。

06

公司里的流言蜚语越来越多，若初也只好去求着魔头出面解决一下，这次他倒是爽快，二话没说就答应了，而且立刻召开了员工大会。

魔头："最近公司流言都快有一百零八个版本了，弄得人心涣散！"

若初心里默默称赞他说得对。

魔头："这么下去不行，不能再有那么多版本了。"

若初心里默默称赞他说得好。

魔头："所以我决定……"

若初心里默默称赞他说得妙。

魔头："统一一下流言的版本！"

若初心里默默……嗯？不对啊。

魔头："我们来统一一下，今后只许传若初是我的女朋友。"

若初有些蒙。

听着台下雷鸣一般的掌声，若初知道，这下自己是怎么都解释不清了。

第 四 章

听说一见钟情是水蜜桃味的
（人间至甜莫过于你一口我一口
的水蜜桃，软软腻腻，吃了便嘴
角上扬）

甲方爸爸住我楼下

叮咚。

听到门铃响，唯希的脑袋都要炸了，恨不得一榔头捶死门外的人。

不用开门她都知道门外站的是谁，当然是那个一天来找她八百次的甲方爸爸。

她是个刚刚毕业的菜鸟设计师，谁知道人生第一单就碰上了个魔鬼甲方，不光事多爱挑剔，还是个夺命催人狂，最重要的是，甲方住在她家楼下。

这意味着什么？这意味着她和甲方抬头不见低头见，躲得过一楼躲不过二楼。

别人和邻居见面都是："早上好。"

她和邻居见面是："爸爸好。"

这个甲方是个秃头老男人，在筹备开一家咖啡厅，唯希设计的就是咖啡厅Logo（标志），左设计右设计，稿子交了一个又一个，可是他就是不满意。

这不，明明是周日，甲方又来催了。

楼上楼下就是"好"啊，催稿连电话费都省了。

唯希拿枕头捂住自己的头，还是能听到清晰的门铃声，最后实在没有办法了，她才站起身朝着门口走去。下床时她还不忘交代自己家的金毛宝贝，一会儿朝着他狠狠叫。

唯希："干什么啊？大清早的。"她一边说着，一边打开了门，下一秒，她傻眼了。

这不是她的甲方爸爸。

西装革履、金框眼镜、五官立体……这人是电视剧里走出来的？

揉了揉眼睛，唯希才确定眼前这个人不是自己单身这么多年幻想出来的，而是真实存在的。

然后她把门甩上了。

本来以为是甲方，所以她穿着粉红色睡衣，趿着拖鞋，头发乱糟糟，脸都没洗就爬起来开门了。唯希飞快地对着镜子整理了一下自己的头发，然后才打开了门。

唯希："对不起啊，刚才态度不好，我以为是那个甲方老秃顶呢。你是？"

男人面无表情："我是老秃顶的侄子，你的新甲方，我叫龚宇。"

虽说唯希听到"甲方"这两个字就发怵，但是看到龚宇这张脸，那种心情立刻就消失不见了。旁边的金毛狂叫不止，唯希立刻阻止："叫什么叫，不许叫！"

龚宇依旧一脸冷漠："不让我进去坐下详谈吗？"

唯希点头，但是一转身就后悔了。

她家四处丢的都是衣服，桌子上昨天晚上吃完的泡面还没扔掉，沙发上还粘着自己家狗狗的毛……

唯希尴尬地笑了一下。龚宇皱起眉头，站在原地开口："还是在这儿讲好了，以前那个是我叔叔，他要出国处理一些事情，所以让我帮忙监督你。"

唯希："那是不是今后都是你和我沟通了？那你现在是不是住在楼下？能加个微信吗？"

龚宇："做什么？"

唯希："不要误会，不是为了方便沟通吗？"

龚宇递过来一张名片，还不忘交代一句："以前的那些 Logo 我看了，没感觉，重新设计。"说完，他转身下楼去了。

千不怕万不怕，就怕甲方一句没感觉。门一关，唯希就气愤地跺了一下脚。忙活了一个上午，她才把一张精心设计的新 Logo 发到了龚宇的微信上，然后心满意足地开始泡面。但是还没往桶里倒上热水，龚宇的信息就发来了："没感觉。"唯希回复了一个微笑，然后骂骂咧咧地坐到了电脑前。

　　一个小时过去了，Logo半点进展没有，倒是把龚宇给画了出来，她还在他脸上打了一个大大的叉。唯希随手把画挂在了墙上，觉得不解气，又给他画了一条玛丽莲·梦露同款连衣裙，这才满意地准备吃那桶已经泡了一小时的方便面。自从这个新甲方接手Logo的事情，唯希算是发现了，他简直比老秃顶还要难缠。第一次毙稿理由："线条太粗，改。"第二次毙稿理由："改太细了，我不是这个意思。"第三次毙稿理由："颜色搭配太单一。"第四次毙稿理由："颜色太花哨。"第五次毙稿："突然对这份稿子没感觉了，重新画。"

　　龚宇不光对颜色、细节极其挑剔，还十分在意感觉，好几张稿子都因为他一句"没感觉"就毙掉了。唯希光是因为改稿子，就去他家"坐客"六次了。这不，第七次登门拜访，她还是拿着一张稿子。龚宇很快就把门打开了。这次的唯希穿着粉色睡衣，披散着头发，素面朝天，黑眼圈格外显眼。没办法，刚开始她来拜访也是精心打扮的，甚至连香水都喷了好几遍，但是龚宇这个木头，根本不关注自己，满眼都是设计稿。她索性破罐子破摔，放弃形象管理。

　　龚宇："这次的还算不错，但是这个地方还要改一下……"唯希坐在沙发上，很认真地听着，然后就……睡着了。她梦到了那个催稿魔头龚宇竟然抢自己的泡面，幸好她一个无影脚解决了他。

一睁眼，她就看到了满脸无奈的龚宇，他的嘴角还贴着一个创可贴。

唯希："你嘴怎么了？"

龚宇："被你踹的。"

唯希看了一眼盖在自己身上的外套，立刻明白了过来，原来刚才不是梦，她真的踢到了龚宇。

不过她很快反应过来："你刚才在帮我盖衣服？"

龚宇愣了一下，随后解释："怕你冻死，没有人负责改稿子了。"于是她心怀愧疚地去买了创可贴，但是想到龚宇那张罪恶的嘴脸，又拐弯去了儿童区。到了楼上，龚宇一脸错愕地看着桌子上印满了小熊维尼的创可贴："这是……"

唯希笑了一下："成人的卖完了，凑合一下吧。"

龚宇无语。

千万遍改稿子她都认栽了，再怎么说对方都是甲方爸爸，可是借着稿子的由头，让她做苦力算什么？

唯希吃饭的时候，突然收到了龚宇的微信：稿子改好了吗？拿来我公司看看，我把地址发给你。

唯希："您不能回到家里再看？或者我拍给您？"

龚宇："现在就想看线稿，还有，公司太忙没空吃饭，带点吃的来。"

唯希严重怀疑龚宇只是想让她送饭，但她并没有证据。

于是，唯希拿着稿子，拎着饭盒，跑去了龚宇的公司。

没想到，这个冰块脸竟然是个总裁。

唯希站在专属办公室门口的时候还是有些愣神的，直到秘书示意她可以进去了。一进门，唯希就看到了嘴角贴着小熊维尼创可贴的龚宇。唯希笑出了声音。

龚宇尴尬地咳嗽了一下，随后解释："买不到别的，先贴着而已。"

唯希点点头，然后把饭盒和设计稿一起放桌上。

龚宇站起身，打开了饭盒，见里面只有一块干巴巴的方便面，龚宇嘴角抽搐了一下："这是我的午饭？"

唯希："别急。"说罢，她端着一个热水瓶往里面一浇。

唯希："这不是好了吗？"

龚宇无语。接下来，唯希又和龚宇在办公室里讨论了很久 Logo。

离开的时候，门口那个小秘书一脸暧昧地看着她，还特意走上前说："嫂子，慢点走。"

唯希一脸问号。

小秘书笑道："您别瞒着啦，总裁都告诉我们了。"

唯希："他说什么了？"

小秘书："他刚才吩咐我们，一会儿他家的小苦力会来送饭，还说他的嘴角就是你干的好事。"

这话字字属实，但是怎么听怎么有问题。

出了公司，唯希就给龚宇发了微信："你怎么告诉你的秘书说我是你的小苦力？"

龚宇："我是甲方，你是乙方，你不是苦力吗？"

唯希："哦。"

眼见咖啡厅室内装修都快搞好了，唯希的 Logo 却还是没有设计好。这不怪她，前前后后交了十三张设计图，全被毙了。

所以她终于决定起义了。下一秒，起义失败。

原因是龚宇主动找上门来了，她家的金毛惹祸了。

龚宇："你家狗呢？"

唯希："它自己出去遛自己去了。"

龚宇："跟我来。"

唯希的小心脏不断跳着，当龚宇推开他家门的时候，她尴尬地咽了一下口水。原本整洁的房间四处都是狗毛，墙纸也被撕掉了好几块，而自己家的金毛正趴在沙发上啃咬抱枕……

龚宇："我看它自己在小区里，就把它带回来了，我刚才去阳台打了个电话，回来就成这样了。"

唯希无语。

她承认自己偷懒，每次都放金毛自己出去遛弯，她也承认自己家的金毛拆家能力比哈士奇还强。

龚宇："赔款还是当苦力？"

唯希："苦力。"

于是，原本气势汹汹地想要讨个说法的唯希，在龚宇家里贴了一整晚的墙纸。

傍晚的时候，龚宇做了整整一桌子饭菜，唯希倒是没想到这么一个贵公子竟然有这么好的厨艺。

唯希："谢谢你啊，这么款待我。"

龚宇："不客气，方便面很便宜的。"

唯希一时语塞，她这才看到，那满满一桌子饭菜的旁边还有一桶泡面。

唯希瞬间明白了，他这是故意的，为了报上次的仇。

唯希："这么一大桌子你能吃完？"

龚宇点了点头，随后慢条斯理地开始吃饭。

唯希目瞪口呆地看着他吃完了整整一桌子饭菜。

累到半夜，唯希好不容易回到家里，躺在床上发了一条朋友圈："明天就二十三岁生日啦，白雪公主都有七个小矮人，却没有人陪着我过生日。"

文案是她瞎想的，不知道为什么，她看到龚宇只点了赞，却没有任何评论的时候，竟然有些失落。

第二天，唯希照常起床，听到了门外的敲门声。

本以为又是龚宇来催稿，一打开门却看到了一群人站在门外。

为首的是那个在公司里见过的小秘书，小秘书一脸兴奋，手里还拎着蛋糕："生日快乐啊嫂子！"

一群人在后面跟着附和："生日快乐！"

唯希睡眼蒙眬，发丝凌乱。

人群一哄而上，闯进了唯希的家里，开始布置一些生日宴会的东西，最后走进来的是龚宇。

龚宇："开心吗？"

唯希嘴角抽搐："你准备的？"

龚宇："你不是说想要有人陪你过生日吗？"

唯希想起了昨天朋友圈说的"七个小矮人"。果不其然，转身一数，来帮忙的正好是七个。

唯希无语。

她希望有人陪自己过生日，又不是希望人们都来陪自己过生日。

但看龚宇一脸得意的样子，她还是没忍心开口。

生日宴会虽然小，但是还算很成功，特别是小秘书，偷偷向唯希爆了不少料。

小秘书："嫂子，你是不知道，当时因为你来送饭，我们总裁在办公室等了好久，中间休息都没去吃饭。"

唯希愣了一下，他不是因为没空吃饭才让自己送饭的吗？

小秘书："还有那个创可贴，小熊维尼的，真可爱，我当时给总裁送了好多正常的创可贴，他硬是不换下来，还戴着那个去开会。"

唯希看向正在摸金毛的龚宇。

小秘书："还有还有，这次给我们集体放假，然后专门挑了七个人来给你过生日。"

唯希的红了脸："别老嫂子嫂子的叫，我们……"

小秘书："不是嫂子是什么？你不知道总裁在我们公司，那是出了名的'雌性勿扰'。我们总裁的叔叔给他介绍了不知道多少个女孩子，他都说没感觉。"

听到"没感觉"这几个字，唯希的嘴角再次抽搐了一下："这个我知道。"看来这个龚宇不光是对画稿很挑剔，对女朋友也是。

小秘书突然压低了声音："不过前段时间，他叔叔介绍的一个女生，他好像很感兴趣，你可要小心了。"

唯希："与我无关。"

虽是这么说，但是唯希心里还是"咯噔"了一下。

这个死秃顶，有这么优秀的侄子乱介绍什么。

唯希一晚上都因为这个闷闷不乐。

等到人都走得差不多了，唯希和龚宇一起留下来打扫卫生，只不过唯希还是垂头丧气的，不讲话。

龚宇："你怎么了？"

唯希："你总是说没感觉，感觉真的那么重要吗？"

龚宇："很重要。"

唯希点了点头："那个让你有感觉的姑娘怎么样了？你们开始联系了吧。"

龚宇放下手上的抹布，一脸认真："你都知道了？"

唯希："嗯。"

她什么也不能说，因为没有任何资格，自己就和那些被毙掉的稿子一样，第一眼就被淘汰了吧。

龚宇开口："我和她现在一直都在联系，而且……我还成了她的甲方，一直催稿。"

唯希一时愣怔，甲方？他的意思是……

龚宇无奈地揉了一下唯希的头："还没听懂，小苦力？"唯希脸红了。

后来，老秃顶回国了，而且刚刚回国就邀请了龚宇和唯希一起吃饭。

唯希："老秃顶……哦不，叔叔，你把你那么优秀的侄儿介绍给我，也不告诉我一声。"

叔叔："他不让啊，非要自己接近你，还把我安排出国，借着甲方的身份追你。"

追？唯希苦笑，她怎么没觉得那是在追她呢？

叔叔："你是不知道，当时我把多少认识的小姑娘照片放在他面前，他竟然一眼看到了我们的合同，上面不是有你的证件照吗？这傻小子……"

旁边的龚宇咳嗽了一下："叔叔，你的话太多了。"

唯希连忙端茶："叔叔您接着说。"

三个月之后，咖啡厅终于开业，唯希刚刚试完婚纱，就赶来参加叔叔的开业典礼。

看到招牌的时候她愣住了。

这不是她第一次交给龚宇的稿子吗，那后面那十几张算什么？

唯希："这张稿子你不是说没感觉吗？"

龚宇："对啊，我要是刚开始就说有感觉，那怎么能骗来一个老婆啊？"

霸王赌约

　　小王从小到大都是人群中默默无闻的崽。有多默默无闻呢？

　　她长相平平，成绩一般，不爱说话，不爱打扮。所以她这样的女孩子，从来都没有过被要微信的经历。

　　偏偏大学第一天，奇迹就发生了。

　　说来话有些长，那天室友聚餐，小王和其他两个女孩子一起坐在食堂吃饭。

　　她本来就不爱说话，所以全程都在低着头啃鸡腿，偶尔一抬头，瞥见了角落里坐着的那个穿着黑色外套的男生。

　　他和室友坐在一起，偶尔抬起头来笑那么一下。

　　怎么形容呢？

　　小王觉得花开了。

　　就在看到那个黑外套男生的一瞬间，她的心猛地颤抖了一下，她随后立刻低下了头。

　　就算心动，小王也并不会有任何行动的，因为她知道自己几斤几两。

奇迹就是这个时候发生的。

就在小王和室友准备收拾东西离开的时候，那个男生和他的两个室友一起迎面走了过来，而且明显就是冲着她们三个女生来的。

第一个蓝衣服的男生伸出手，向小王左手边的室友要了微信。

第二个红衣服的男生，伸出手，向小王右手边的室友要了微信。

小王愣在原地，连抬头都不敢，生怕和穿黑外套的男生对视。

本来以为这一切终于结束了，可是就在这时，视线当中突然伸出了一只手，随后她的耳边响起悦耳的声音："同学，你的微信可以扫一下吗？"

他……问自己要微信？

小王都不知道自己究竟是怎么把手伸出去，递出微信，之后又拿回来的，只记得自己脑袋一片空白，甚至都不知道该说些什么。

接下来的第一天，蓝衣服的男生约室友出去吃饭。第二天，红衣服的男生也开始了行动，约另外一个室友出去看了电影。

可是小王左等右等，黑外套男生就是没有发来任何信息。

看着空空的对话框，小王想了又想，还是不知道该怎么主动开口。

该发什么呢？"同学吃饭了没？"还是"同学你好？"或者一个可爱的表情包？

可难道不是黑外套问她要的微信吗？那为什么要她主动发信息呢……

突然，对话框蹦出来一句话："同学，你已经'正在输入'十分钟了。"

小王愣了。他也在看着对话框吗？

小王差点在课堂上叫出声来，随后脑子一热，发了一句："你加我微信做什么？"

对方很快就回复了："三个女生，如果只有两个被要微信，你会很尴尬。"

小王沉默了。

她仿佛想象到了，另外两个男生看中了自己的室友，决定过来要微信，却怕她一个人尴尬，所以逼迫着黑外套也出手的场景。

自作多情。

小王关上了对话框，默默趴下开始补觉。

她本来觉得这场奇遇就这么结束了，可是下午上课之前，黑外套又发来了消息："咋不回消息？"

小王想了一下，回复："睡着了。"

黑外套："难道不是在上课吗？"

小王："嗯，上着上着就睡了，所以才没看到消息。"

黑外套："下午第一节是不是'思修'？"

小王："是的。"

黑外套："记得坐第一排。"

小王："为什么？"

他没有回了。

到了教室，小王思索再三，还是选择坐在了第一排的无人区。她坐下之后一瞥，竟然在左边的位置上看到了黑外套。

今天的黑外套穿着一件夹克，依旧是黑色的，戴着银框眼镜。

小王的心再次激动了一下，但是很快就冷静了下来，控制好自己的面部表情，默默低下了头开始看书。

他为什么让自己坐到这里，难不成是真的想要和自己坐在一起？他看着不像好好学习的孩子啊，为啥还坐在第一排……

她有意无意地看了一眼黑外套，却发现他竟然站起身朝自己这边走了过来。

小王立刻神经紧绷。

一步、两步、三步……

黑外套："同学，你书拿反了。"

小王无语。

黑外套："而且，这节是'思修'，你拿的书是军事理论的。"

小王："我和老师比较熟，没事的。"

黑外套瞥了她一眼，满脸冷漠："不是说换了个新老师吗？"

小王："嗯……啊，新老师，我很熟。"

为了面子，她说谎话已经开始不打草稿了。

黑外套："今天不是新老师第一次来吗？"

小王挠头："我……我和他是铁哥们，很早之前认识的，巧了，来教学。"

黑外套无语。

小王尴尬地笑了一下，在心中暗暗为自己加油鼓气，反正黑外套又不认识老师，这事还不是死无对证，先在男神面前把面子捞回来再说。

就在小王扬扬得意的时候，身旁的黑外套突然走上讲台，随后翻开了书本，咳嗽了两声："大家好，开始上课了，先自我介绍一下，我是'思修'的代课老师，尚宫。"

小王目瞪口呆。

一整节课，小王和他对视了无数次。在做题的时候，黑外套，哦不，尚老师特意走到小王的旁边敲了敲桌子："铁哥们，第一排睡不了觉吧。"

小王语塞。

回去的路上，小王还是感觉很不可思议。

直到她跑回宿舍之后，让室友特意去问了当时和黑外套一起吃饭的那两个男生，才确定了这一切都是真的。

尚宫，学校最出名的大才子，从学校毕业之后出国读博，今年是回来第一年，因为和导师关系好，所以临时代课。

而那天之所以和那两个新生一起吃饭，不过是一起商讨论文的事情罢了。

小王感觉自己完了，入学第一周，在老师面前丢尽了脸。

晚上十点，尚宫的对话框又显示"正在输入"了，却没有发任何信息过来，十分钟之后，小王这儿才有了消息提醒。

他发过来的是一张截图，截图上可以看到尚宫对小王的备注："铁哥们"。

小王简直想要找个地洞钻进去，连食堂都不好意思去了，就是怕再遇到尚宫。

当然还有第二个原因：她没钱了。

倒也不是没钱，而是她必须留出一部分钱来解决一件事。

说来话长，开学第一天，她骑着自行车一不小心把一辆车给蹭花了，在路边蹲了几小时之后还是没能等来车主，只能留下了一张字条："我蹭花的，联系我。"最后还留下了联系方式，和一个哭哭的表情。

　　虽然目前为止车主还是没有联系自己，可是为了以防万一，她必须把这部分钱留出来。

　　连着吃一周的泡面，小王果然生病了。

　　请了几节课的假，她不发烧了，这才重新开始上课，只不过还是严重感冒。

　　上课的时候，小王摸了摸自己的额头，皱着眉头发了一条朋友圈："感冒，好惨。"

　　一分钟之后，朋友圈多了一条评论。

　　尚宫："下课来办公室一趟。"

　　小王刚好抬头，看到了紧盯着自己的尚宫，随后她心虚地低下了头。

　　上课玩手机发朋友圈却忘记屏蔽老师了，这下彻底完蛋了。

　　可是就在小王忐忑不安地来到办公室准备接受批评的时候……

　　尚宫："把感冒药喝了。"

　　小王看着桌子上放好的感冒药，一脸茫然地喝了药，又一脸茫然地转身离开。

　　原来他叫自己来办公室，是为了叫自己喝药？

接下来的三天，每次下课之后小王一定会被喊去办公室喝药。

这件事弄得学校里流言四起，大家都说，小王这是犯了多大的错，每节课都会被喊去办公室。

小王一脸无奈，谁会相信，她真的只是去办公室喝药，仅此而已。

这一来二去，小王和尚宫也渐渐熟识了起来，她也告诉了他自己连着吃了一周泡面的原因。

尚宫："那个车主不会让你赔钱的。"

小王："会的，我觉得要不少钱。"

尚宫："打赌好了，谁输了就请对方吃一顿饭。"

小王："米线行吗？赌不起别的了。"

尚宫无语。

没几天，车主还真的联系了小王，并且约在了图书馆见面。小王忐忑地赶到图书馆，却发现尚宫站在约好的位置。

所以，他就是那个车主。

尚宫："赔钱，十块钱。"

小王无语，但还是照做了。

拿到钱的尚宫勾起嘴角："走吧。"

小王："去哪儿？"

尚宫："请你吃米线。"

车主要求赔钱了，按道理来讲是尚宫输了，可是看着尚宫拿着自己递出去的那十块钱买了两碗米线，小王怎么都觉得事情不太对劲。

因为吃完饭天已经很黑了，所以尚宫主动要求送小王回宿舍。到了宿舍楼下的时候，尚宫突然又提出了一个赌约。

尚宫："还敢赌吗？"

小王："赌什么？"

尚宫："输了的话，做我女朋友。"

小王愣在原地，发现面前一向高冷的尚宫渐渐红了脸颊。

小王的脸自然也是红了大半："赌……赌什么……"

尚宫："赌你明天是不是呼吸，如果呼吸的话，你就输了。"

周围本来就十分安静，这句话说出来，更是没有任何杂音了。

小王："这我不是明显就会输吗？谁能一整天不呼吸啊，你这是霸王赌约……"

尚宫打断："所以呢？"

小王："我赌。"

尚宫一把搂住小王，揉了揉她的脑袋。

后来,小王才通过室友的男朋友知道,当初要微信,并不是尚宫被另外两个同学逼着,而是另外两个同学被尚宫逼着行动的。

听那个男生讲,当时尚宫是这么说的:"如果我只要一个人的微信,那其他两个姑娘会尴尬,而且显得我太刻意了。我们一起去,不然毕业论文不及格。"

小王万万没想到,原来这个故事从刚开始,自己就是主角。

小王也问过为什么尚宫会想要自己的微信。

尚宫说,当时他的车子被划了,看到一张字丑出天际的小纸条,第二天帮着导师批改作业的时候,他一眼就认出了那丑陋的字体,这才开始注意这个总是坐在最后一排睡觉的傻姑娘。

再然后,为了给他们两个人的故事一个开头,尚宫主动站出来要微信,并且欲擒故纵,最终取得胜利。

自那以后,小王再也没有在'思修'课上睡过觉,别人问起为什么的时候,她总是抬头看向讲台,说:"家里管得严。"

记得好评

01

"亲,一定得记得改成好评呀。小哥哥我刚刚工作,很辛苦的,如果没有你的好评,我会被老板辞退的,哭唧唧。"

果然,一登上淘宝,她又收到那个卖家发来的信息。

沫子是个十足的宅女,平时在家一周不出门都是常态,而像她这样的宅女,最离不开的就是淘宝了。

不出门,万物淘。

沫子时常怀疑马云爸爸是不是为她量身定做了这个软件。

但是因为是网上购物,她也时常有困扰,例如好评这个东西简直就是买家的噩梦。

你买了东西,商品和图片不符或者购物过程不愉快,当然想要给个中评表示一下自己的愤怒,这个时候客服的魔力也就显现出来了。他们会以三寸不烂之舌,用各种甜言蜜语催你改成好评。

总而言之，改好评的时候你就是上帝，至于改完好评之后你是谁，你在哪，和人家有什么关系？

　　沫子也知道店家维持信誉不容易，但是有些东西确实是和图片完全不相符，也不能违心骗人啊。

　　例如这次，沫子拍下的是一双凉拖鞋，寄过来的时候却变成了一双毛拖鞋——上面粘满了猫毛。

　　她不想听店家解释什么，也不想收那双重新寄来的拖鞋，她只知道自己因为开快递的时候猫毛过敏，差点没死在医院里。

　　电脑消息来了好几条，沫子看了几眼没搭理，估计是对面客服看消息已读实在忍不住了，又使出了撒手锏。

　　一阵风生活家居："亲爱的，小哥哥真的不容易，长得那么帅，差点被潜规则才成功入职，现在不能因为这点小事被辞退呀。"

　　这句话让沫子笑得差点一口水喷出来，她突然来了兴致。

　　冷漠本冷无情本情："那么帅？发照片看看。"

　　虽说改好评的时候你就是上帝，但是有时候上帝提的无理要求还是会被拒绝的。沫子本来也没有抱着让他真发照片过来的想法，只是随口一说。

　　谁知道三秒之后，照片发来了。

沫子差点又喷出一口水。

吴彦祖？

照片上的人和吴彦祖很像，但是仔细看能看得出来是趴在桌子上照的照片。

沫子笑出声，现在客服真是越来越负责了，连网图都准备好了。

冷漠本冷无情本情："网图骗小孩呢。"

一阵风生活家居："你在我面前不就是个小朋友。"

几秒之后，对方竟然发来了语音，一阵狂撩加催改好评："我做客服真的不容易呀，小朋友不能那么不乖，我恨不得立刻出现在你面前，敲你的小脑袋催你好评。"

沫子无语。

不得不说，这个客服的声音倒是真的很好听。但是她依旧相信这是个躲在网图背后的"肥宅"客服。

冷漠本冷无情本情："我是汉子，不吃你这套。"

一阵风生活家居："亲买的是女式拖鞋哦。"

沫子一时无言以对，就关掉了电脑。

这下他不能再骚扰自己了吧，沫子就不信他还能为了这事专门过来找她。

谁知道三分钟之后，门铃响了。

沫子本来以为是快递，谁知一打开门，差点把手

里的水杯摔了。

吴彦祖？

沫子："你坐火箭来的？"

客服面无表情："我住您楼上，没想到吧。"

沫子无语。

02

为了验证这个客服说的话是真是假，沫子特意跟着他上楼看了一圈。

没想到世界那么大，事情还真那么巧。

这个撩人成瘾的客服还真的就住在自己楼上，而且连房间布局都差不多，电脑的位置都是一样的。

只不过客服的房间塞满了拖鞋，还有很多只猫。

沫子看着趴在拖鞋上的猫，总算知道为什么自己买的拖鞋带了些"赠品"了。

在嘴角一阵抽搐之后，沫子又过敏了。

这下客服也算是明白为什么沫子执意给差评了，他翻箱倒柜找出了过敏药，又把沫子带到了没有猫的房间，这才让她症状轻了一些。

沫子："知道我给差评的原因了？"

客服："嗯。"

沫子又苦口婆心教导了他很久，她发现聊天中这

个客服倒是不要嘴皮子了，比起在网上，现实中的客服简直就是个面瘫脸。

但是他长得好看啊。沫子很不要脸地想，要是面前这个"吴彦祖"对自己说一句"改成好评好吗"，自己怕是立刻就会改成满星好评。

所以，网上情话千千万，不如现实一张脸。

沫子坐在一旁喝水，而客服则继续去忙活他的"好评情话"。

沫子差点没端稳自己的水杯。

客服说起情话来一套一套的，屏幕前的脸却是毫无表情。

沫子："你怎么做到的？"

客服："为了养猫糊口。"

沫子无语。

03

自从知道自己楼上住的是"吴彦祖"，沫子格外积极，天天有事没事就去楼上逛。

但因为那些猫，沫子每次也只能在门口站着聊天。

相处时间久了，沫子发现，这个客服在现实中嘴真的很笨，情商也不算很高，别说撩人了，一被撩都面红耳赤。

而他的电脑桌旁边则堆满了《情话守则》《怎么哄女朋友开心》之类的书。

沫子："你还真是为了网店下了不少功夫。"

客服："为了养猫。"

不光上楼的频率增加了，沫子买拖鞋也变得十分积极，一个月买个十双八双不成问题。

客服亲自下楼送货，顶着面瘫脸问："请问您是蜈蚣吗？"

沫子无语。

日子久了，沫子有啥事就去楼上倾诉，风雨无阻地站在门口，一边吐槽一边幽怨地看着屋子里的猫——没有它们，坐在沙发上的应该是自己。

在圣诞节那天，沫子又买了一双拖鞋，这次却给了差评，理由是："客服不是我男朋友。"

三分钟之后，门铃响了，她打开门，门外站着的果然就是客服。

客服抿嘴："亲，改个好评吧。"

沫子："不改，好评就那么重要吗？"

客服考虑了一下："挺重要的，毕竟……"

沫子打断："我知道，为了养猫。"

客服："为了养猫……和你。"

沫子愣在原地。

难道这么长时间，自己不是单相思？

客服红了脸："这次我没看手册，自己想的。"

沫子简直想要立刻揉一揉他的脑袋，谁说"直男"不可爱的？说起情话来简直可爱到冒泡。

第二天，沫子在楼上看到客服拎着好多猫去了楼下的宠物店，又空着手出来了。

等他上了楼，沫子特意下楼问了一下。

店主说："这是那个小伙子寄养在这里的，说会时常过来看它们，寄养理由是给女主人腾地方。"

沫子脸一红。

正好，这个时候客服的信息来了：

"床上没有猫毛了，放心来吧。"

男朋友太爱睡觉怎么办

阿葵是个星探，平时的任务就是在大街上走来走去，发现什么吸引人眼球的年轻人，她就冲上去递上一张名片，然后甜美地说上一句："你好，有兴趣做艺人吗？"

可是现在这行业不景气，稍微长得好看一点的路人都去做了网红，她根本找不到什么资源。

一连半个月没有找到人，阿葵急火攻心，硬生生把牙疼的老毛病给气出来。

牙疼不是病，疼起来要人命。

阿葵只能半夜爬起来去了楼下的牙医诊所，敲了半天门，才有一个穿着白大褂的人走了出来。

白大褂："太晚了，不营业。"

阿葵："那你有两百块钱吗？"

白大褂："干什么？"

阿葵："留着明天早上给我烧纸，要是今天不治，

明天我就疼死了。"

为了防止自己损失两百块钱，白大褂只能让阿葵躺到了椅子上，拉开灯，开始准备工具。

开了灯，阿葵才看到白大褂的真面目。

虽然他戴着口罩，但是那高挺的鼻梁和一双自带笑意的眼睛完全将他的高颜值暴露了出来，浓密的睫毛衬托着立体的五官。这简直就是自己心里的标准艺人……阿葵看着他出了神。

白大褂走近她："牙不疼了？"

阿葵这才反应过来，捂着嘴巴摇了摇头。

白大褂的眼睛真的很好看，特别是近距离看的时候，仿佛自带电流。

阿葵全程盯着他，毫不夸张地说，连疼痛都快忘记了。

临走时，阿葵还不忘递出去名片问："有兴趣做艺人吗？"

白大褂："现在骗子都那么高级了？"

还没等阿葵解释，他就把门关上了，理由是他很困。

第二天一大早，阿葵就来到了诊所，可是一直等到了十一点钟，白大褂才把门打开。他看到阿葵的第一句话就是："看来我省下来两百块钱。"

阿葵问他为什么那么晚才开门，白大褂的回答依

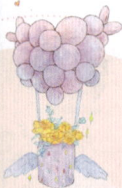

旧是很困。

接下来的好几天，阿葵想尽办法接触这个长相出众的牙医，还想方设法让他摘下了口罩。

阿葵以口腔清洁为由跑去诊所，到了里面，第一件事就是趁着白大褂去拿工具的时候，把空调调成了制热模式。

果然，在盛夏的天气里，白大褂被热得摘下了口罩。

阿葵的眼睛亮了起来，觉得戴上口罩时的他眼睛充满吸引力，摘下口罩的他简直就是令人惊艳。

就这么一张脸，无论在哪里都会大放光彩。

白大褂看着阿葵也出了神，只不过不是因为心动，而是……

整整十三颗蛀牙，到底是多爱吃糖才会这样？

白大褂："你是卖糖的吗？"

阿葵："不，我是星探。"

白大褂："星探是什么，卖糖的吗？"

阿葵无语。

为了留住这个令她一见钟情的好苗子，阿葵可是煞费苦心，一个月光诊所就跑了七八趟，然而她却只问到一个有用信息：他姓秦。

阿葵默默给白大褂起了个名字——秦美人。

她发现秦美人是真的很爱睡，早上不到十一点不

开门，晚上超过七点绝对不营业，而关门期间，他除了吃饭就是睡觉，搞得阿葵只能白天去骚扰他。

时间长了，阿葵倒是了解到一些秦美人的信息，他是名牌大学毕业的医学生，却主动从大医院辞职开了小诊所，为的就是能够随心所欲地睡觉。

他是真的很爱睡觉，在阿葵想方设法地向他介绍了明星工作的巨大好处之后，他问的不是月薪也不是工作内容，而是每天能保证他有多久的睡眠时间。

阿葵："五小时左右吧。"

秦美人又把门关上了。

这个周日，阿葵倒是没有再去骚扰秦美人，而是参加前任的婚礼。

说起来很"狗血"，阿葵前任的新娘是阿葵的闺密。

这种烂俗剧情一般都会出现一个总裁来帮女主在前任的婚礼上耀武扬威，可惜阿葵身边根本没有几个异性，除了秦美人，就是楼下那条公的流浪狗了。她思前想后，还是把流浪狗洗干净，带去了婚礼现场。

她果然被保安拦了下来："小姐，宠物不得入内。"

阿葵："太不幸了，那我把礼金留下就先走了啊，我离不开我家狗的。"

她心想，目的也算达到了。

离开的时候，她的心里还是很失落的。

可是一转身，阿葵却看到了秦美人。

阿葵："你是来救场的？"

她瞬间脑补了一堆总裁小说，秦美人不会是百万富翁吧？难道整座楼都是他的，这次来的目的就是狠狠打脸狗男女？又或者秦美人是来砸场子的，砸完场子就牵着自己的手表白？

可是正当阿葵陷入美好幻想的时候，秦美人一句话把她拉回了现实。

秦美人："新郎新娘是在我的诊所里认识的，我来参加婚礼送祝福。"

阿葵无语。

阿葵还是去参加了婚礼，没有想象中的当面痛骂，更没有小说里痛快打脸的桥段，更多的是一种遗忘过后的淡然。

倒是吃饭的时候，她絮絮叨叨地和秦美人讲了这对新人是如何"绿"了她的，秦美人嘴角抽搐，新人来敬酒的时候都没有给任何好脸色。

而在新郎新娘准备离开的时候，秦美人突然搂住了阿葵，说了句："宝贝，晚上回家吃什么？"

阿葵总算有面子了一回。

从酒店出来之后，阿葵很礼貌地道谢。

阿葵："为了报答你……"

秦美人："为了报答我？"

阿葵："你来我的公司应聘艺人吧。"

秦美人："这是报复。"

阿葵无语。

话虽如此，可是秦美人还是在周一一大早来到了阿葵的公司，只不过……

阿葵："来应聘艺人吗？"

秦美人："不是。"

阿葵："那你来这儿干吗？"

秦美人："应聘你男朋友。"

阿葵一脸愣怔。

秦美人："别误会，我只是觉得每天睡觉的时长已经够了，需要你帮我，提升睡眠质量。"

大明星小姐

这是兮若这个月第十一次来第一医院了，倒不是因为身体不舒服，而是为了见他——心理科宋医生。

但是碍于身份，她每次来医院都是偷偷摸摸的。

她是个当红明星，一举一动都会引起公众的极大关注，而且经纪人嘱咐她千万遍，在外不许和任何异性有接触。

只可惜那苦口婆心的叮嘱在兮若这边连耳旁风都算不上，出道以来，她交往过的男朋友用手指头都已经数不过来了，从各色"小鲜肉"到成熟大叔……

宋医生是兮若看到就舍不得移开视线的第一人。

他薄薄的唇瓣在高挺的鼻梁下散发着独特的魅力，那双眸光淡淡的桃花眼更是一下抓住了兮若的心。

据说桃花眼的人是多情之命，兮若倒是也希望这样，只可惜宋医生是个冷漠至极的主儿，平时就是勾下嘴角都难得。

兮若带着一餐盒红烧肉推开那扇熟悉的门，笑着

走向办公桌前的身影。

红烧肉被她放上了桌，听到的却是宋医生说："大明星小姐，说了很多次了，中午休息时间是不接诊的。"

兮若嘟了下嘴巴，那双妩媚的眼睛直直地盯着穿着白大褂的宋医生，说道："我只有中午才能从剧组出来，看看……病。"

那句"看看你"，还是没有说出口，到了嘴边成了看看病。

宋医生依旧冷漠："说了很多次了，你心理没有任何问题。"

自从兮若知道宋医生心理医生的身份之后，便"百度"了几十种心理疾病，甚至以得了妄想症、焦虑症的借口来问了好几次诊。她每次都带着红烧肉，只因为宋医生看起来太瘦了，今后摸起来会不舒服的。

兮若托着腮看着宋医生，和往常一样絮絮叨叨地讲着自己剧组的烦琐事情。

兮若说："人啊，就怕站得太高，树大招风，身边也就没有任何可以说话的人了，在朋友眼里，我早就成了大明星而不是兮若。"

宋医生依旧是那句话："你知道你自己是谁就好。"

虽然宋医生话不是很多，却是个很好的聆听者，而且那低沉悦耳的嗓音让兮若听了便心生欢喜。

最后，在她的百般纠缠下，宋医生还是吃完了那

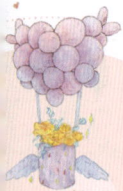

碗红烧肉。看着他嘴角的油渍，兮若差点没控制住自己直接吻上去。

宋医生不知道，就因为他吃了那几口红烧肉，兮若傻笑了一个晚上。

兮若偷跑去医院的次数越来越多，每天厚着脸皮赖在他的身边，虽然就那么一小会儿，但是她还是感到非常满足。

有次她遇到了一个拿着情书塞给宋医生的护士，兮若理直气壮地站在宋医生身边夺走了情书。

本以为宋医生会生气，但他只是无奈地笑了一下，随后主动挽起兮若的手，在护士的注视下渐渐远去。

兮若说："你是不是喜欢我，不然怎么会默许我夺走情书？"

宋医生没有回答。

狗仔的嗅觉是很敏锐的，兮若偷见宋医生的事情还是被曝光了，得知这个消息的时候兮若正在拍戏，还穿着古装的她抛下一切跑到了第一医院——

却得知宋医生被粉丝毒打受伤，已经住进了病房。

兮若含着泪狂奔到病房门口，看到了嘴角带着瘀青的宋医生。她第一次感受到心痛，那种宁愿伤在自己身上的感觉。

她不断说着对不起，可是只换来了宋医生那一句："我有心上人，麻烦大明星小姐不要影响我的私生活。"

那天下了大雨，兮若独自打着伞跑回了公寓，她不爱淋雨消愁，也不爱哭哭啼啼，只是盯着窗外整整一晚，脑海里满满都是他的身影。

原来爱一个人是那么苦。

她喜欢了很多人，但是爱的只有他一个。她交往过很多人，但是真正走入她心里的，却只有他。

兮若不是什么文雅的大家闺秀，也不知道什么人生大道理，她只知道，一刻不见便是想念。

日子还是照常过，只是没了他，也没了倾诉的地方。她本以为会遗忘，可奈何回忆挥之不去。

那部戏杀青了，结局很完美，但是收工的那一瞬间，兮若的笑容也从脸上消散，低垂眼眸看着地下，直到周围人群渐渐散去。

忽然，已经安静下来的片场传来一个人的掌声，兮若看着地上那熟悉的影子，猛然抬起了头，她看到的是戴着帽子的宋医生。

他说："这戏的结局很完美，大明星小姐。"

兮若哭了，不争气地抱住让她日夜想念的人，她说："我离不开你，真的，就算我的喜欢给你造成了困扰，我还是做不到收回……"

宋医生这次没有推开，而是紧紧抱住她。

宋医生说："我不是不爱你，是怕伤了你而不敢说我爱你。"

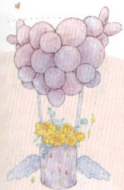

那帽子被摘下，宋医生不知何时，已经剃光了头发。

兮若愣愣地望着他。

那天宋医生看到报纸上登着他和兮若的绯闻，下意识地露出了笑容，也就是那时他发现他喜欢上了这个不分轻重的丫头，拿着鲜花出门，但是没找到她就被粉丝围攻。

他被送到医院，却阴差阳错地查出他得了癌症。

癌症啊，他知道那意味着什么，于是面无表情地说出狠心的话语让兮若离开。

宋医生抱着怀里的兮若说："一个好消息、一个坏消息，你想先听哪个？"

兮若抱着他没有言语。

宋医生开口："坏消息是未来几个月你男朋友可能都是光头状态了；好消息是我痊愈了，也能爱你了。"

第 五 章

听说仰望是星星味的（吃过星星吗？没有，就像我从未想过能和遥不可及的他有段故事）

我真的不是"黑粉"

01

章洛洛照常登上微博看看有没有涨粉，结果发现主页爆了。原因是她点赞了一条"最丑明星排行榜"的微博，而榜一是当红的人气小生顾沐。她怎么不记得自己点赞了？可是一看记录，确实点了。所以，粉丝过来围攻了。

粉丝甲："说我家哥哥丑？是来搞笑的吗？我家哥哥可是全能偶像。"

粉丝乙："一个十八线小网红觉得自己长得很好看吗？"

粉丝丙："我看她是想蹭热度吧。"

··············

总之，一夜之间，章洛洛的微博就沦陷了。被攻击得最厉害的就是她偶然心血来潮发过的一个微博："啥时候才有'金主'找我做广告啊，孩子想恰饭（吃饭）。"下面骂声一片，大多数都是说她财迷或者只

想接广告之类的。章洛洛头疼地关掉了微博页面。

看来自己这辈子是别想接到广告了。

她本来就是一个只有十几万粉丝的小网红，平时做做吃播，更新一点日常视频啥的，没想到阴差阳错得罪了这路神仙。

想了半天，章洛洛也不知道自己到底什么时候点赞了微博。昨天晚上她明明因为疲惫，趴在电脑旁边睡着了，难道是做梦点的？

二十年了，她也没发现自己有梦游的毛病啊。

转头，章洛洛看到了自己刚刚收养的流浪猫躺在电脑键盘上，一只猫爪子按在鼠标的位置，想必是它睡着的时候，鼠标被它点了好几下。这下真相大白了。

章洛洛恍然大悟，连忙编辑了一条澄清微博发了出去："事情搞清楚了，是我家猫点的赞。"

本来她以为这场闹剧总算可以告一段落了，谁知道评论里依旧骂声一片。

甲："你怎么不说是你家苍蝇点的赞呢？"

乙："现在怪猫身上了？真能扯。"

丙："蹭完热度就想跑？还不快点去给我家哥哥道歉。"

章洛洛一脸无奈，思考了半天还是小心翼翼地点开了顾沐的私信页面。

美少女洛9803："顾沐先生，真的对不起，我无意中点赞了黑您的一条微博，造成了不好的影响，很抱歉。"

　　章洛洛知道，顾沐这种级别的明星根本不会看私信，所以发完也就关掉了页面。她去顾沐的主页逛了一圈。

　　顾沐，男，处女座，演什么红什么的聚宝盆，粉丝上千万。

　　再一看他的照片，是真的好看，怪不得那么多小姑娘喜欢。

　　她来这个大城市也没有几年，平时光是担心自己怎么吃饭都够烦的了，根本没有心思看这些花里胡哨的明星。所以就算他很火，章洛洛也只是觉得他有些眼熟罢了，更不会蓄意去黑他了。可是那些粉丝依旧努力维护自家偶像，接连好几天在章洛洛微博下炮火不停。

　　她摸着自家的猫，无奈叹气："当初真不该捡你回来，小倒霉鬼。"说完，拍了拍猫脑袋。

02

　　章洛洛家的猫离家出走了，也不知道是听懂了话还是怎么的，反正就是不见了。

　　章洛洛连夜跑出去，最后在垃圾桶旁找到了自己家的猫。

找到它的时候，它的身边放着两个鱼肉罐头，还有一盆水，好像是有人放在这里喂它的。

应该又是"罐头先生"？

罐头先生是章洛洛给他起的名字，这件事说来话长，那个时候她还没有把流浪猫捡回家，只是每天晚上回家的时候放一点剩饭给它。

但是喂着喂着章洛洛就发现，不光自己一个人在喂它，还有一个人时常放罐头在小猫面前。

那些罐头都是国外进口的，一看就是个有钱人，可是虽然罐头招小猫喜欢，也不能一直喂啊，这种东西是会上火的。

章洛洛无奈，饭和罐头放在猫面前，任何一只猫都会选择罐头的。

她为了不让小猫再继续上火，就写了一张小纸条压在自己的猫盆下面。纸条上写的是："少喂一点罐头，实在钱多可以喂喂我。"

第二天，小猫面前还是有两个进口猫罐头，罐头下面还是压着那张纸条，只不过上面新添了一行字：都喂得起，你的放墙上了，猫的放地上了。

章洛洛看向墙壁上，还真的挂了一个透明的塑料袋，而袋子里放着三个水果罐头。

嗯，是个有钱人，而且脑子不太正常。

所以，章洛洛一不做，二不休，直接把流浪猫领养了，每天在家里帮它搭配饮食，只是这小猫养成了流浪的习惯，时不时还会来垃圾桶这里，而她每次赶来，猫的面前都已经有罐头了。

章洛洛摸着小猫："快跟我回去吧，顾沐那些粉丝我一个人可应对不来，今天晚上估计又是一场恶战。"说完，她直接把它抱了起来，走向自己的单元楼。

傍晚，章洛洛开直播的时候，果然看播的人多了好几倍，只不过都是顾沐的粉丝，来直播间的目的也是喷她罢了。

"今天我吃个水果罐头。"章洛洛不去看那飞速滚动的评论，从冰箱里拿出了罐头先生送的水果罐头。

不管怎么说都是国外进口的，她一直没有舍得吃，留在今天开了吃播。

小王小王不猖狂："丑女人，蹭我家哥哥热度还吃相那么难看……"

章鱼丸子："就是就是，别播了。"

…………

评论大部分都在说顾沐的事情。

突然，章洛洛注意到了一条有些不一样的评论。

用户 409521："罐头过期了，会中毒的！"

用户 409521："你还吃！"

用户 409521："别吃了，过期了！"

他一直在刷类似内容的弹幕，只是章洛洛刚才没有注意到，看到的时候，三个罐头已经吃干净了。

章洛洛一愣，他怎么知道自己罐头过期了？随后拿起来一看。

果然已经过期一个月了。她记得自己从来没有给粉丝说过罐头的来历，那这个人……

还没来得及思考完，腹部一阵绞痛，让她忍不住皱起眉头，疼痛的感觉瞬间遍布了全身，章洛洛蜷缩在电脑面前渐渐失去了意识……完蛋了，这次那些粉丝一定又要说她惺惺作态了，可是她是真的很疼。

眼睛渐渐闭上，章洛洛也看不到电脑上的弹幕了。

03

再次睁开眼睛的时候，章洛洛已经在医院里了，而一个穿着白大褂的医生就站在她面前。

"医生？"章洛洛有些茫然，显然回想不起来发生什么事情了。

"怎么一副吃惊的语气，医院里你不见到医生，难道指望见到猴子吗？"医生嫌弃地看了一眼躺在病床上的章洛洛，"急性阑尾炎，小事，放心吧。"

"那医生，是谁送我来的？"

"一个男的，应该是你邻居吧，你还吐了人家一身。你是不是吃什么凉东西了？"医生回想起刚才的画面，又是一阵嫌弃。

"吃了点罐头……"章洛洛抿了抿嘴巴。

"那那个人现在去哪儿了？"

"交完医药费就走了。"

章洛洛一脸问号，这个邻居到底是怎么知道自己晕倒的，又是怎么进入自己的屋子的……

回到小区的时候，章洛洛的问题就都有了答案：保安一见到她就立刻走了过来询问她的情况。

章洛洛这才知道，刚才是对面单元楼的一个住户跑到保安室要保安打开了自己的屋门，而且手里拿着直播的截图。

这么巧，原来自己的粉丝就在自己对面。

上楼的时候，章洛洛特意抬头看了几眼对面的窗户，可惜什么也看不到。

回到家，直播已经被平台强行关闭了，而自己家的猫趴在阳台上，脖子上的项圈上有一团白色的东西。

章洛洛走近一看才发现是纸条，展开来，上面是一行字："怎么会有你这么粗糙的女人，吃东西之前都不看生产日期。"

她认得这个字迹，罐头先生的。

所以，罐头先生就是今天好心救自己的那个对面单元楼的邻居？这世界也太小了吧。

章洛洛心血来潮，拿起笔在纸条上写："能请你

吃顿饭吗？感谢你救了我。"

写完她把纸条放在了猫的项圈上。明天小猫应该还会出去溜达，如果今天碰到了罐头先生的话，那明天应该也会遇到。章洛洛闭上眼睛，竟然开始有些期待见到罐头先生了。

不过，手机突然响了起来，打乱了她的思路，她一接听，里面传来了闺密的声音："完蛋了，章洛洛，你快去微博看看。"

提起微博她的眉头就舒展不开了，一听到闺密这个语气，更是意识到事情不妙，果然一打开，就看到评论多了几千条，大多数都是在骂章洛洛炒作。

白天的时候，风向不还是在骂自己点赞微博那件事吗，怎么晚上就变成炒作了？

不看不要紧，一看吓一大跳。

微博一个挖娱乐圈内幕的"大V"号发了一条微博，说有人投稿，称最近的那个点赞黑顾沐的微博的女主播，和顾沐住在同一个小区，而且这个爆料人竟然没有匿名。

点进去一看，是个小号，没啥东西，就转过几条章洛洛吃东西的视频。

这下粉丝炸开锅了，纷纷说章洛洛这炒作手段太低端了，一眼就能全部看穿。

章洛洛百口莫辩。那真的不是她的小号啊。

这下，可算是跳进黄河也洗不清了。

还有粉丝把顾沐和章洛洛的照片放在一起，然后配文说是癞蛤蟆想吃天鹅肉，有很多人跟着点赞。

章洛洛默默点开两张照片。这个顾沐一副"小狼狗"的样子，单眼皮，眼睛却十分有神，而自己一副温婉姐姐的模样，明明很配好吗。她摇了摇头，关掉了微博页面，索性不再理会了。

第二天一早，章洛洛醒来的时候，正好看到猫在床头趴着，而项圈上的那团纸似乎和昨天有点不一样。

她连忙取下来展开。

上面有了新的字迹："现在搭讪方式这么直接了吗？你还是先处理好你的天鹅肉吧，癞蛤蟆小姐。"

看来，微博上的事情他都知道了。

章洛洛把纸团扔在了一边，拿出了一张新的纸条，写了些字上去："你还幸灾乐祸，我要是被粉丝骂死了，那猫也活不长了，你忍心看我们一尸两命吗？"

猫带着信跑了出去，很快又跑了回来。

字条上多了很多字，相当详细地写了应对绯闻的办法——

"首先要沉寂一段时间，再发文道歉，不要有任何理由，只认错……"

章洛洛一点点读了出来。

没想到，这个罐头先生倒是懂得不少。

一种莫名的安心感涌上章洛洛的心头。

04

章洛洛按照罐头先生的方法发文道歉，果然，粉丝的骂声小了很多，而且时间一长，这件事逐渐被遗忘了。章洛洛过回了普通小主播的生活，有时候直播间倒是有些黑粉突然出现，不过无伤大雅，可以忽略。

她和罐头先生的联系一直没断，靠着一只猫把消息传来传去，从刚开始的他告诉她解决问题的方法到现在的两人分享日常。

她对这个没有见过的救命恩人也越来越好奇了。

不过最近收到的罐头先生的小纸条让章洛洛感到有些奇怪。

"我掐指一算你的微博又要炸了，做好心理准备。"

章洛洛一头雾水。

果然，傍晚的时候，章洛洛的手机疯狂振动了起来，评论数再次爆表了。原因是，顾沐发了一条微博，配图是一张猫咪的照片，照片上的猫咪趴在阳台上格外乖巧，配文是："猫咪真可爱，它的主人更可爱。"

章洛洛瞪大了眼睛。这不是她家的猫吗？

章洛洛发现了，粉丝自然也发现了，很快就有人挖出她曾经晒过的猫的照片，然后一对比……两张照片上的猫就是同一只猫。

粉丝傻了，章洛洛也傻了。

这时门铃响了，章洛洛打开门，待看清站在面前的男人时，一脸不可思议。

"不知道你上次说请我吃饭这事还算不算数，癞蛤蟆小姐？"

顾沐？ 罐头先生？ 热心邻居？

这个世界可真是太小了。

05

章洛洛请他吃了饭，两个人还互加了微信。

顾大明星的朋友圈内容很少，但是有段时间更新却很频繁，大部分配图都是章洛洛蹲在垃圾桶旁边喂猫的照片，而拍照的角度都是从楼上往下拍摄的。

10/12：我在二楼阳台听她讲话清清楚楚，她也太爱碎碎念了。

10/15：她一直告诉猫要少吃罐头，真好笑，难道猫会听得懂吗？

10/16：她竟然还给我留了纸条，我看她就是嫉妒猫有罐头她没有。话说，她蹲下来的时候真的好像一只小猫。

10/20：她把小猫抱回家了，我好像不能听她

碎碎念了。不过，今天她好像说她是个主播。

　　10/23：听过飞鸽传书，还没听说过飞猫传书的，我可真厉害。

　　章洛洛渐渐明白了过来，抬头看向坐在自己对面的顾沐的时候，脸有点开始泛红了。

　　傍晚回到家之后，章洛洛发现自己的微博又炸锅了，这次是因为那个第一次爆料的小号竟然更新了微博，是一组章洛洛和顾沐一起吃饭的照片。

　　这下粉丝又开始喷她炒作了。

　　可是下一秒，粉丝的战斗力立刻被削弱为零了。因为顾沐发微博了。

　　顾沐："手下留情，那是你们大嫂。"

　　章洛洛默默点了个赞。

　　06

　　后来章洛洛才知道，那个小号是顾沐的，而那组照片的来历嘛……

　　顾沐和章洛洛一起吃饭被狗仔拍了下来，经纪人花钱买回了底片，并且交代他下次要小心，谁知道他竟然发在了小号上。

　　经纪人问："你为什么发出去？"

　　顾沐搂住身边的章洛洛："那组照片我好看，我老婆也好看，为什么不发？"

经纪人看着面前的两个人嘴角抽搐。

"那你身为一个大明星，能不能不要老出现在吃播里？你觉得你总是和海鲜待在一起，有利于维持形象吗？今后粉丝看到你就想到海鲜。"经纪人继续苦口婆心。

顾沐耸肩："我们住在一起，她晚上开吃播，我肯定在啊。"

经纪人嘴角再次抽搐，只得道："那最后一个恳求，你能不能不要一天发十几条微博秀恩爱？"

"不能。"

经纪人："当我没说。"

章洛洛抱着猫看着面前两个人"理论"，格外开心。谁能想到猫的无意点赞，让自己成了"黑粉"，又晋级成了正牌夫人呢？

恭喜你，计划成功

"你是说，当年追你的那个黄毛，现在是你的写手？那你不是惨了，你拒他拒得多狠。"电话里传来闺密的声音。

"嗯。"

李木子揉了揉自己的鼻梁，皱着眉头挂断了电话，然后又一脸无奈点开了通讯录，拨通了备注为"大神"的号码。

电话只响了三声，就被对面挂断了。

三秒后，对面发来一条短信："在睡觉，勿扰。"

李木子看了一眼钟，现在是上午十一点。

不出意外的话，他应该又是昨晚通宵游戏——这是白毅从大学开始就养成的坏习惯。

那个时候，他晚上打游戏，白天上课睡觉，人送外号"课桌趴神"。

可以这么说，任何教授都没怎么见过白毅的脸，因为他大部分的时间都把头埋在胳膊里。团建的时候，

"思修"老师看着他愣了好久，说："咱们班还有叫白毅的啊。"

而李木子不一样，她是个出了名的学霸。特别是高数，每次都接近满分，各种竞赛奖拿到手软。

白毅喜欢李木子，学渣想要追学霸，这件事尽人皆知，但所有人也都知道不可能，因为李木子用一百八十种方法花样拒绝了白毅。

那个时候的白毅顶着一头黄毛，吊儿郎当的样子，还总爱嘴贫，李木子是怎么看怎么不喜欢。后来大三那年他去了英国，事情就这么不了了之。

谁知道这几年过去了，两个人变化都那么大。

李木子虽然是数学天才，毕业之后却成了一个普普通通的小说编辑，平时负责催手下的作者写稿，作者一天不交稿，她的日子就不得安稳。本来她这种小编辑一般都是带一些没有名气的小作者，可是上司突然发话，分配了一个大神级人物给她，而且听说还是大神指名道姓要她。

这个大神可不简单，笔名叫"二次函数"，在小说网站连载的每一部小说都占据流量塔顶尖的席位，最近几年出的书全是热销，各大网站都抢着和他签约，他偏偏找到了木子在的这个网站，而且要求就一个：编辑得他自己选。

别说编辑让他亲自选，就算他要一套房，这么一

个聚宝盆，网站怎么都得供着。

所以上司千交代万交代，让李木子好好供着这个祖宗，让他按时交稿，按时更新，满足他一切条件。上司说这个大神从不拖更，手速一流，可是李木子接手几天，大神硬是一个字都没交，而且理由很多：家里失火、电脑丢了、养的猫死了……

李木子觉得不对，亲自去拜访了一次大神，一见面就傻了眼。

大神就是白毅，那个当年跟在自己身后面屁颠屁颠的黄毛。

现在的白毅简直脱胎换骨，身上那股痞子味全没了，走路都带着气势，就算穿着一身居家服，也有种优越感。都说人靠衣服马靠鞍，黄毛变回黑毛，再这么一打扮，确实人模狗样，哦不，帅气逼人。这下一切问题都有了答案，白毅肯定是故意的，想要报仇。折磨一个编辑的最好办法就是让他拿不到稿子，白毅做到了，现在李木子在编辑部简直抬不起头来。

好不容易等到了下午三点，她算着白毅差不多该起床了，才发了信息："大神，今天该交稿了吧，真的得更新了。"

过了五分钟，对面回了消息："饿了，送饭来。"

李木子忍住怒火，友好地回复："亲，建议点外卖哦。"

白毅："想喝你家门口的豆浆，不在配送范围内。"

李木子狠狠瞪了一眼白毅的头像，然后站起身收拾东西，准备出门。

可不是不在配送范围内吗！打车都要四十分钟才能到，到他家估计豆浆都要成豆腐了。

虽然气愤，但是李木子还是老老实实地买了豆浆，打车赶了过去。

"白毅，开门。"李木子气喘吁吁地敲响门。

"四十九分钟，有进步。"门打开，白毅穿着居家服出现在李木子的面前，头发蓬松。

身高差让李木子感觉自己气势弱了下来。

以前的白毅和李木子差不多高，现在可好，直接高出了大半个头。真不知道他这几年吃了什么激素。

"等你喝完豆浆，该交稿了吧。"李木子勉强笑着。

"嗯。"

白毅不再像以前那么话痨了，现在话很少，而且不怎么爱笑，唯一不变的就是爱喝她家门口的豆浆。

那时白毅每个周末都会去她家门口喝豆浆，然后再缠着她补习高数。

说是补习高数，实际上白毅就是个学渣，连高中的二次函数都搞不明白，指哪儿哪儿不会。

"今天能交多少稿子？你可欠了好几万字了。"李木子一边说着一边环顾四周。

嗯。房子没烧、电脑没丢、猫也没死。果然都是借口。

"在电脑上了，自己看。"白毅挑眉。

李木子连忙走近，却看到文档上空白一片，只有一个字："他"。

"这就是你的稿子？"李木子气不打一处来。

"哦，错了。"

李木子松了一口气。可是下一秒，白毅弯腰，然后删掉了那个"他"字，又打上了一个"她"。

"你在开什么玩笑。"李木子皱起眉头。

"我说了今天交稿，又没说交多少。"白毅嘴角上扬了一下，然后拿起豆浆，一口气喝了大半杯下去，继续道，"主要是环境太差，没心思写。"白毅看了一眼四周扔得哪里都是的衣服。

"我明白了。"

于是，李木子在白毅家里做了一下午的家务，直到傍晚才回到自己的家里。回家后，她腰酸腿疼，全身像是散了架一样。

她刚刚到家，又收到了白毅发来的信息："明天去登山，去山里找灵感。"

大神开口，不能不走。李木子连夜收拾了东西，还去买了帐篷，为明天的寻找灵感做足了准备。

第二天，李木子背着帐篷，拿着三个水壶，举着一把伞去找白毅。

然后，他把车成功开到了图书馆。

看着周围的人向自己投来诧异的目光，李木子恨不得立刻钻进地缝里去。看着她怨恨的目光，白毅开口："突然想到图书馆找灵感。"

李木子无语。于是，她就这么全副武装地在图书馆看了一上午的书。

说起这图书馆，确实还是有点回忆。当时李木子沉迷数学研究，有时候周末就泡在图书馆，一泡就是一整天，而白毅总是跟在她旁边，拿着小人书看。那个时候李木子还说过，要是白毅有一天拿到了任何一个有关数学的奖项，那么她就同意做他的女朋友。她知道这是不可能的，白毅的数学，就是老天也补不了的坑，但是他倒还真的奋斗了一段时间，最后在比赛里拿了倒数第二。

"你笑什么？"白毅看着对面走神傻笑的李木子。

"没啥。"李木子不敢说话。

直到傍晚，两个人才从图书馆走了出来，而一出门，李木子就看到了蹲在草丛里的一个记者。

现在的白毅是个有名气的作家，有些狗仔尾随自然是情理之中。

"戴上。"李木子还没反应过来，白毅就已经从口袋里拿出口罩递给了她。

"为什么给我戴？"李木子愣了一下。

他难道是为了保护自己吗？让自己不被记者拍到，把唯一的口罩给了自己？

"不，我只是不想让记者拍到我和这么丑的女人待在一起。"

"哦。"

白毅直接把李木子搂在怀里，把她完全遮住。

虽然这样，第二天的报纸上还是出现了新闻，标题是《著名作家二次函数疑似曝光恋情》。李木子慌张地给白毅打去了电话："今天的报纸看了吗？"

白毅："看了，太糟糕了。"

李木子："是吧，我也觉得很糟糕，你这新书刚刚上市，你又有那么多的'老婆粉'，这下——"

白毅："当时该把左脸露出去的，我右脸不好看。"

还没等李木子再开口，对面就已经把电话挂断了。

那张照片上的女子很快就被网友人肉搜索了出来，于是，李木子就这么莫名其妙地变成了白毅的绯闻女友，每天上班都提心吊胆的。而她和白毅也达成了一种默契：她每天按时去送早饭，他就会准时交稿。这么催稿之下，新书总算是按时出版，粉丝见面会也准备好了。

发布会的人很多，大多数都是一些小姑娘，追书是假，追星倒是真。看着台下一双双星星眼，李木子真觉得自己是一个艺人的经纪人。

前半场读者都在提一些正经问题，可是后半场事情就开始偏离正轨。

"函数大大，前段时间有人说你和你的编辑在一起了，是真的吗？"一个小姑娘站起来提问。

白毅在台上看了一眼李木子，见李木子慌乱避开视线后，才回答："假的。"

李木子刚松了一口气，就听白毅继续说道："她在追我，我还没同意。"

李木子愣了。台下也炸了锅。这下，她跳进黄河也洗不清了。

见面会一结束，李木子立刻就跑过去兴师问罪："你为什么说我在追你？"

"不追我，你每天都送早饭，还帮我打扫卫生？"白毅笑了一下。李木子真想一锤子敲死这个自恋狂，她那难道不是为了供着这个祖宗让他快点交稿？

自从白毅对外说李木子是他的追求者，她算是倒了大霉了，无论去哪里都得戴着口罩，防止粉丝认出她来。就算是为新书做宣传，白毅去参加节目，她也只敢跟在后面偷偷进入演播厅。

一进门，李木子就发现事情不太对劲，一个秃头男正在提问，而且问的问题让整个房间气氛都尴尬了起来。

"听说大神之所以叫二次函数，是因为自己是个数学渣，连二次函数图像都分不清？"那个秃头男语气带着嘲讽。

李木子走近了几步，看到了那个秃头男的脸。果然，是他们的大学同学，当年白毅和他有些过节，看来他今天打定了主意让白毅难堪。

台上的白毅显然有点尴尬："不是的，二次函数还是会的。"

李木子捏了一把汗，白毅最吃力的就是函数图像，当初她教了千百万遍他还是不往脑子里记。

那个秃子竟然真的说了一个二次函数要求他现场画出来。

李木子在观众席干着急，举起手笔画了半天，可是白毅明显看不懂。

场面就这么尴尬着。

直到节目直播结束，白毅还是没有画出来。果然，著名作家二次函数是数学白痴的事情很快就传遍了整个网络，嘲笑声一片，就连新书的销量都受到了影响。

李木子发现白毅好像自闭了。他不再让李木子送早饭，也不会想尽办法为难她，而是把自己关在了屋子里，连电话都打不通。李木子去敲了几次门，白毅都只隔着门回话。

"白毅开门。"

"稿子交过了，微博更新了，粉丝消息也回过了。吃了，吃的外卖。爱过。救我妈，保小，没钱。还有什么要问的吗？"

"没有。"

"再见。"

本来白毅老实交稿，又不添乱，是天大的好事，李木子却总是觉得生活中缺了点什么。她甚至还梦到了他。

"你当初拒绝了我，现在我也要冷着你，让你淡出我的生活。"梦里白毅说了这么一句话。她很生气，睁开眼睛后立刻把白毅的微信拉黑，可是想了一下又觉得自己好像没有理由这么做。虽然这么想，李木子还是鬼使神差地来到了白毅的家门口，手里拎着早饭。

她刚想敲门，却听到里面传来了声音。

"不行不行，计划二也宣布失败吧。" 是白毅的声音。

"当初计划 A 我就觉得不靠谱，现在 B 也失败了，你到底靠不靠谱啊。"还是白毅的声音。

"还说什么追女生你一定行，追到现在，李木子还是不理我啊。"

他在和谁说话？这电话内容怎么让她一头雾水？

李木子直接敲门，里面安静了一阵子，随后白毅才打开了门。

"稿子交了，微博更……"白毅开口还是那一套。

李木子直接打断："刚才的话我都听到了，到底什么计划？"说这话的时候，李木子环顾四周。桌子上的数学卷子引起了她的注意，屋里还有一个坐在桌子旁边的高中生。李木子依稀记得，自己几年前和白毅纠缠的时候见过他，那个时候他还是个小孩子，现在明显长大了很多。

那个高中生见白毅半天不说话，干脆直接站了起来，说道："计划一是从事一个和你相关的职业并且让你注意到他，可是很明显没有吸引到你，所以宣告失败；计划二是连夜补习数学拿到竞赛的奖，然后让你履行当初的诺言，可是他真的是数学学渣，我闭门教了他半个月，他还是搞不清二次函数。"那个高中生索性说出了所有事情。

"你这半个月，都在让这个高中生教你数学？"李木子看着满脸尴尬的白毅。

"不光如此，当初我哥调查到你喜欢成熟的男人，所以特意控制自己每天说话不超过十句。"高中生又补充道。李木子差点没忍住笑了出来。

她知道白毅是个十足的话痨，本以为他是这些年改了性子，没想到竟然是因为自己……

"等一下，你怎么调查到我喜欢成熟男人的？"李木子好像发现了问题。

"朋友圈。"

高中生拿出手机，翻出一张截图。

一年前，李木子看韩剧痴迷的时候发过一条动态："像都教授那么成熟的男人也太帅了吧，人狠话不多，一天不超过十句话。"

李木子无语。

白毅满脸通红，他维持的成熟形象完全崩塌。

"你怎么能信这个小孩子的话呢？他会追什么女生！"李木子哭笑不得。

"病急乱投医。"白毅挠头。

"为什么不直接问我呢？"李木子突然认真起来。

"那……你愿意做我女朋友吗？"

"恭喜你，你的计划成功了。"

网上著名的二次函数大神勤奋了一个月，把好几个"坑"全部"填"了。

有粉丝留言问为什么，他的回复是："家教严。"

麻辣小龙虾

　　阿筱刚刚大学毕业，找到的工作也还算悠闲，所以休息日就在姑姑开的小饭店里帮忙，帮着送些麻辣小龙虾外卖。

　　但是最近，阿筱遇上一个不太一样的顾客，之所以不太一样。第一是因为他吃麻辣小龙虾的频率太高了，很少见到那么喜欢吃小龙虾的人，第二就是他的长相。

　　他叫白琛，一双丹凤眼配上高挺的鼻梁，斯文的金框眼镜搭配着干净的白色衬衫，就连身材比例都如同模特。阿筱承认，自己确实在第一眼见到他的时候，流露出了一些花痴的表情。

　　相处了几次，阿筱才知道这个人究竟有多恶劣。

　　他第一次给差评，原因是外卖员送东西的时候敲门声太响，吵到他了；第二次给差评，原因是外卖员和他讲话的时候太凶了，不开心；第三次给差评，原

因是外卖员临走的时候白了他一眼。

这些也就算了，竟然还有一次差评的原因是外卖员今天没洗头。

每次差评之后，阿筱都要跑到他那里请求他删除差评，毕竟对一个小饭店来讲，好评率真的至关重要。阿筱几乎每周都要往他那个小公寓跑上一两回。

她注意到，白琛好像无时无刻不在家里，似乎从来都不出门工作，而且每次见他的时候，他都是一副精力充沛的样子，后来问了才知道，他是个作家。

有时候比较空闲，阿筱也会和他聊聊天，虽然白琛性子是傲娇了一点，还有些毒舌，但是不得不承认，和他这样好看的人聊天，心情确实会变舒畅的。

阿筱特意去搜了他写的小说，发现那书还在连载就已经在网站上火了，读者天天都在催更。

至于内容，阿筱也看了一些，女主人公的名字竟然也叫阿筱，这件事她问过他，白琛只是回答："很巧。"

实话说，白琛塑造人物的能力很强，剧情也是环环相扣，阿筱两个晚上就追完了所有的更新，第二天送小龙虾的时候，她还去问了下剧情的发展。

白琛说："你最不想看到的情节是什么？"

阿筱想了一下："我不希望女主答应男二的逼婚。"

第二天，书更新了，女主答应了男二的逼婚。

阿筱气势汹汹地提着小龙虾找上门的时候，白琛坐在沙发上笑了好久才说："你知道吗，其实你生气起来还是蛮可爱的。"

　　阿筱愣了一下，脸颊竟然稍稍有些发烫，不知道为何，她的心跳也加速了，看着嘴角上扬、带着痞气笑容的白琛，阿筱移开了视线。

　　白琛的那本书因为人气高涨，很快就签了影视改编，电视剧开始筹划，官方放出了原作者也就是编剧白琛的照片，一下子在网络上引起了轰动。

　　这个年代本来就是万事看脸，白琛的照片一出来，一夜之间那本书又多了几万点击。

　　人红是非多，网上爆出了一组白琛和电视剧女主角一起吃饭的照片，照片上两个人郎才女貌，而女方又是当红的小花旦，粉丝自然都激动起来，纷纷表示站了这对 CP（组合）。

　　白琛还是照常每周点小龙虾，阿筱却开始故意躲着他，每次都让姑姑亲自去送外卖，自己在店里帮忙。

　　她也不知道自己在躲什么，只是觉得他那样的人或许生来就该站在聚光灯下，而自己再普通不过，本来就不该再和他有什么交集。白琛爱情、事业双丰收，她本来就不该存在。

　　可是就在店要关门的时候，他突然来到了店里，

点了一份麻辣小龙虾。

阿筱将麻辣小龙虾端上桌，本想转身离开，却被白琛拉住了手腕，他说："我和那女演员没有关系，是剧组的人一起吃的饭，但狗仔只拍了我们两个人。"

阿筱愣了一下，说道："你不用和我解释的。"

说这话的时候，阿筱心中竟然泛起了酸楚，她不该接近一个不该接近的人的，这一点自己早就明白了，不是吗？

在高中的时候，她喜欢过一个人，那人是羽毛球社社长，一个受很多女生青睐的人，她的告白被毫无悬念地拒绝了。如今，还要走这条路吗？还要爱上一个不可能的人吗？

阿筱移开视线，不想让自己的眼泪在他面前流出来，白琛却说了一个故事。

有一个胖子总是独自躲在角落，有一天胖子看到了一个傻姑娘，她为了一个人拼命练习羽毛球，为的就是能够和那个人待在一个社团里。

刚开始胖子认为女孩很傻，后来看着她一天天流着汗却依然笑着，他的心也跟着温暖起来。是那个傻姑娘教会了他，就算平凡也得活得精彩。

胖子喜欢了那傻姑娘三年，发誓一定会在努力过后站在她面前。

那个胖子就是白琛，而她就是那个傻姑娘。

白琛笑道："你还记得你当时在聚会的时候说了句今后想嫁给一个作家吗？"

阿筱有些吃惊："你是为了我才……"

白琛又道："我拼命变得更好来找你，至于那本书，本来就是写给你的，主人公的名字不是巧合。"

白琛将阿筱拉近了一些，放低声音说："狗仔在外面偷拍呢，笑得好看点才行。"

阿筱的拳头捶在他的胸口，却带着泪笑着。

从那以后，小饭店的外卖就没有收到莫名其妙的差评了，但是每周都会多出两条好评，理由是："外卖员是我媳妇，她说必须好评。"

他才不爱吃什么麻辣小龙虾，只不过是为了能够见到朝思暮想的她。

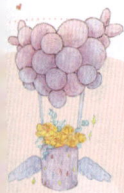

被偶像关注了之后

　　熙惜是个普普通通的快递员，白天总是扎着马尾送快递，别人见到她的第一印象往往都是：是个木讷的女孩子。

　　她确实是呆头呆脑的，而且不善言谈，是很容易让人过目就忘的类型。

　　但是一到晚上，熙惜就完全像变了个人一般——她还有另外一个身份，电竞大佬。

　　网络上很有名的"一枪不准"就是她。

　　所谓"一枪不准"，并不是在说她的技术垃圾，而是指"没有一枪是不准的"。

　　这么说吧，熙惜一架枪，就算游戏里面有只蚊子飞过，她都能准确无误地打中蚊子头。

　　熙惜每晚的直播更是人气火爆，多少家公司争抢着和她签约，但是熙惜玩游戏就是为了个乐呵，所以索性关掉了送礼物的功能，安安心心打游戏。

　　除此以外，电脑前面的熙惜和白天里的她还有一

点不一样——遇到坑货选手，熙惜能开口骂到他找不到家，一骂八都是日常。

就这么一个白天木讷到一句话说不出来，晚上拿到鼠标就秒变"彪形大汉"的神奇女子，最近却交到了大运。

熙惜有个偶像，从前是个小众歌手，最近却因为出演了一部偶像剧而变得大红大紫。

就算她是个奇女子，也少不了追星，整个房间贴满了这个叫作绍先生的明星的海报，就连枕头上都印着他的头像，更别说平时的发夹啊、衣服啊……

闺密晓晓就时常说，按照熙惜这种默默守护的追星方法，偶像会靠着周边发家致富，她却永远见不到偶像的面。

这么说并不是没有理由的，曾经熙惜拉着晓晓去参加绍先生的演唱会，虽然买了第一排的票，可是熙惜在绍先生下来互动的时候，双手抱臂，面无表情，表情严肃得就像一个纪检委员一般。

直到出了演唱会现场，晓晓才开口问："熙惜啊，你来参加演唱会很不高兴吗？"

熙惜："高兴啊，看不出来吗？"

晓晓看着她那张扑克脸，勉强点了点头："看……看出来了吧。"

而熙惜最近交的大运就和绍先生有关。

大半夜十二点，晓晓被熙惜的电话吵醒，一接通就听见她那种平平淡淡的标志性语气："晓晓，绍先生关注我了。"

晓晓激动得一下子从床上跳了起来："真的吗？"

熙惜的语气倒依旧没有起伏："嗯，真的。"

晓晓无语。

第二天熙惜照常戴着帽子开始送快递，倒是晓晓操碎了心，跟在她后面讲着下一步的追星计划。

晓晓："我觉得你应该在直播里透露你喜欢他这件事，然后再表情惊讶地发私信给他，说'哇，绍先生竟然关注我了'，再发个可爱的'颜表情'"

熙惜："好。"

然而晚上，晓晓就后悔自己怎么跟这么个榆木脑袋谈计划呢，她倒是真的发了私信，却变成了："谢谢关注，直播不要刷礼物，每晚八点直播。"

晓晓："他是你偶像啊。"

熙惜："我知道啊。"说完继续打游戏。

第二天熙惜一大早就拉着晓晓去买绍先生的新专辑，弄得晓晓一脸莫名其妙。

她严重怀疑熙惜这个人有人格分裂，眼看着绍先生这么一个超级大明星关注了自己却一直按兵不动。直到一个粉丝发现了这段"奸情"。

粉丝："妈呀，你们是不是有什么啊，难道我发

现了地下恋情？"

随后还配上了一张互相关注的截图。

消息自然没有引起多大轰动，但是还是有几个粉丝回呛："怎么可能啊，绍先生怎么可能喜欢男人婆。"

熙惜默默念了几遍这个称呼，晓晓在一旁觉得她应该很生气，所以一直安慰。

没想到熙惜愣了一会儿神说："我觉得这个称呼还不错哎。"

第二天，"一枪不准"的ID变成了"男人婆"。

而那个爆料的粉丝也继续回呛："说不定绍先生就喜欢男人婆呢。"

熙惜没当回事。

这么持续了几天，竟然是绍先生先按捺不住，主动发起了一起游戏的邀请。

当天晚上晓晓激动地在一旁围观这场熙惜和男神之间的"连麦"打游戏，可是直播刚刚开始，晓晓就察觉到了事情的不对劲。

熙惜："你倒是开倍镜啊，躺那儿干啥啊。"

熙惜："扔雷啊，你扔的是烟，你干啥啊。"

晓晓目瞪口呆地看着熙惜身上穿着绍先生的周边衣服，又不断骂着他。

熙惜："真是个垃圾。"

晓晓："他是你男神啊。"

熙惜看了一眼墙上的海报："但是他打游戏还是很垃圾。"

晓晓无语。

第二天熙惜继续送着她的快递，其中一个快递的配送地址很奇怪，是某个网吧的包间。

倒是第一次看到这种奇怪的地址，熙惜连忙赶了过去，可是一推开门就看到了全副武装的绍先生。

熙惜依旧一脸冷漠，将快递放在了绍先生的面前。

绍先生："你是不是忘了什么事情？"

熙惜恍然大悟，随后转头将签收单放在绍先生的面前："麻烦签一下名字。"

绍先生无语。

熙惜刚想离开，被绍先生一把抓住。

绍先生："有空吗？打游戏。"

熙惜："我工作。"

绍先生决定长话短说："你知道那个爆料的粉丝是谁吗？"

熙惜想了一下说不知道。

绍先生嘴角抽搐："是我小号。"

熙惜愣了一下。

绍先生又说："记不记得你两年前第一次开直播，就一个粉丝看，你联机的时候还把人家骂得狗血淋头？"

熙惜想了一下说不记得。

绍先生依旧嘴角抽搐："那是我。"

随后绍先生告诉了熙惜这件事的始末。他很喜欢这个游戏，从熙惜刚开始做游戏直播就关注了她，每晚看着她骂人。

那次演唱会让他得知了熙惜的偶像就是自己，可是看着她一脸冷漠，不确定她是不是被朋友逼着来看演唱会的，这才小心翼翼地拿着大号关注了一下，可是熙惜还是没反应。

他发出了游戏邀请，却依旧被骂得狗血淋头。

他这才迫不得已在熙惜主要负责的这个区买了十几份淘宝，为的就是在收快递时和她说话。

熙惜："这样啊。"

接下来事情变得一发不可收拾。

第一个星期，熙惜依旧每晚和绍先生"连麦"打游戏，继续骂得他狗血淋头。

第二个星期，绍先生的游戏 ID 改成"喜欢男人婆"。

第三个星期，粉丝为绍先生每晚被骂而感到不平，绍先生出面澄清。

他说："大家冷静，这是家庭内部矛盾。"

粉　丝

　　这世间总会有那么一个人，就算你只见过他一眼，他的笑颜也足以印在眸子当中，一生一世都不能忘记。

　　对于郭温妍来说，阿恒就是这样的存在。

　　温妍是个普普通通的南方女生，一头披肩长发，不善言辞。除了爱阿恒，她这辈子就没有做过任何出格的事情。

　　阿恒是个十八线的小明星，粉丝不多，也没有出演过什么有名的电视剧。因为广播中的一曲《她》，温妍听到了他的声音。她瞬间就被深深吸引住，在百度上搜索了他的照片后，更是忘不掉那张笑脸。

　　温妍成了阿恒微博第一批粉丝，她在他的每一条微博下默默点赞，却从来不说些什么，就算只是天天看着他晒吃的喝的，也让温妍感到很开心。

　　高考的时候，温妍脑袋发热，报考了阿恒所在地区的学校，提着行李去了属于他的城市。

　　阿恒的微博粉丝渐渐多了起来，温妍的赞也慢慢

淹没在人海里，评论下多了很多伶牙俐齿的粉丝，温妍依旧只是默默地看着他笑。

温妍学的是汉英翻译，大三实习那段时间，正巧赶上已经小有名气的阿恒招聘私人翻译。

晚上，温妍把修改了十七次的个人简历投了出去，按动鼠标的时候连手都在发颤。

没想到第二天一早，她就收到了面试的信息。

来到了阿恒所在的公司，温妍依旧感觉像是在梦里一般。直到见到了那张在梦中出现无数次的面孔，温妍才确定这就是现实。

"翻译小姐，你看这次面试就你一个人来，我只能选你了。"阿恒笑着递出了聘用合同。

温妍红着脸，低垂眼眸，在他的名字旁小心翼翼地写下自己的名字。

明明她只是一个没有任何经验的大学实习生，却成了阿恒的私人翻译。

阿恒似乎没有任何外语基础，因为他无论去哪里都会喊上温妍一起。用他的话说，出了国，对于英语不好的人来说，没有了翻译就变成了文盲。

久而久之，温妍打开联系人页面，联系最多的人竟然就是阿恒。

在巴黎，明明有很多通告，阿恒却带着翻译小姐去了埃菲尔铁塔旁的奶茶店；在澳大利亚，明明粉丝

签售会迫在眉睫，阿恒却带着翻译小姐去悉尼歌剧院听了一场演出；在纽约，明明经纪人一直在打电话催促，阿恒却带着翻译小姐在华尔街逛了一下午……

温妍问："你会对每一个翻译都那么好吗？"

阿恒回答："会的。"

霓虹灯下，月光刚好遮掩了温妍眼底的黯淡。

阿恒的星途越来越广，渐渐开始走向更大的舞台，微博的粉丝量自然也是成倍增长，就算温妍每天守着手机，也很难再第一个点上赞了。

温妍知道，阿恒需要更好的翻译，而不是一个大学即将毕业的新手，于是温妍写好了辞呈，准备陪阿恒出席最后一次晚宴。

晚宴上有很多外国人，温妍一直紧紧跟在阿恒身后，细细地翻译每一个单词。对于她来说，就算只是翻译别人的话，也是自己在和阿恒对话。

每次看着他那双星辰般的眼睛，温妍就会感觉自己拥有了全世界。

一个高鼻梁的英国人拿着红酒来谈电影的合作，可是聊着聊着，话题竟然转移到了翻译的身上。

英国人笑道："翻译小姐，我看得出来你很吃力，没想到恒先生竟然会录用你这样没有经验的翻译。"

温妍不知道该说些什么，只是满脸通红地低下头去，这段时间，不止一个人这么说过，她或许真的该

离开了。

温妍苦笑，肩膀却突然被一股温热覆盖，她抬眸看去，竟然是蹙着眉头的阿恒。

阿恒开口，嗓音低沉悦耳，一口标准的英语让温妍目瞪口呆。

阿恒对英国人说："她是个不成熟的翻译，却是个很合适的女朋友。"

随后他握住温妍的手，在记者的闪光灯下走出了宴会厅。

温妍在水池边看着星光下的阿恒，却只望见了那满含笑意的眸子。阿恒从随身携带着的包中拿出一封信，那是温妍塞进去的辞职书。

阿恒说："我英语八级，是不太需要这么个呆头呆脑的翻译，可是老婆倒是真的缺一个。翻译小姐，不知道你愿不愿意。"

温妍愣在了原地。

阿恒望着那不知所措的脸庞，俯下身去，轻轻将两唇间的月色吃尽，手指扣在她的黑色长发上，加重了些力道。

温妍面红耳赤地轻轻呼着气，望着阿恒。

阿恒说："傻瓜，当时粉丝很少，只有你每天都在关注我，久而久之，我也控制不住自己去点开你的

主页看上一看。当初就是因为你学的是翻译，我才把八级英语证书藏了起来。就是因为你在实习期，我才开始招聘翻译。"

温妍和阿恒视线交汇，看到那星海般的眸子里尽是柔情。

阿恒说："我可是有微博小号的，说起来，还和你聊过天呢。我可也是你的粉丝，翻译小姐。"

温妍愣住。她的微博无非就是些日常，平日也没有什么朋友，至今也只有一个粉丝，想起来他好像还是很多年前关注的自己。

那年，那个粉丝发了条私信："不知你最想成为什么样的人？"

温妍回答："我想成为翻译。你呢？"

那人答："我想成为一个雇得起翻译的人。"

温妍依偎在阿恒的怀中，笑道："我唯一的粉丝，谢谢你。"

阿恒勾起嘴角："我最忠心的粉丝，谢谢你。"

第 六 章

听说误会是榴莲味的（榴莲是初闻最嫌弃的味道，也是入口最留恋的美味）

我的男友是羊羔

第一眼见到江辞的时候，清一的脑海里一下子蹦出了一个形容词——小羊羔。

一头蓬松的韩式卷发搭配着慵懒的丹凤眼，又细又白的手指喜欢插在外套的口袋里，秀色可餐的样子难免让清一这种"颜粉"垂涎三尺。

那个时候，清一排了很久的队才终于站到了山顶准备全副武装蹦极，可是前面一位顾客好像出了什么问题，装备好之后拉着工作人员死活不愿意松手，好说歹说才愿意站在靠近起跳点的位置。

那个人就是小羊羔。

谁能想象出当时那个画面？一米八多的大个子双手抱臂、一脸惊恐地看着脚下的"万丈深渊"，卷毛在风中凌乱着，一副可怜兮兮的样子，望着工作人员。

"要不您先退票，后面的顾客有些着急了……"工作人员开口。

"我再缓一下，马上就跳。"

就这样，五分钟过去了。

清一是个暴脾气，但是看着小羊羔那张"人畜无害"的脸，她确实也说不出什么狠话。

权衡之下，她做出决定。

"帮我改成双人票吧，姐姐。"清一对着工作人员说道。

"你……" 小羊羔一脸惊恐。

"别说话。"清一已经开始自己整理装备了，随后又转身对工作人员解释，"这是我弟弟，年龄小没胆子，我带着他跳就成。"

于是三下五除二，小羊羔就在瑟瑟发抖之中被和清一绑在了一起，再然后，还没等小羊羔说些什么，清一一个转身一跃而下。

清一倒还好，平时习惯了这些刺激运动，但是小羊羔的情况好像比较糟糕。

虽说在飞速落下的过程中他没有发出任何惨叫，但是在一切结束之后，他的面色明显不对。

薄薄的嘴唇被他自己咬得有些充血，脸色发白，没有一点儿生气，站在清一旁边皱着眉头，一副被欺负了的样子。

"这是最好的办法了，你们这些小孩想冒险又没

胆子，姐姐带着你跳，多利索，不用谢。"

"我成年了。"小羊羔稍微缓过来了一点，随后伸手从口袋里拿出自己的身份证放在清一的面前。

二十四岁……清一瞪大了眼睛，确确实实，他不光成年了，还比自己大两岁。

可是她抬头一看那张脸，顿时又觉得说不定身份证也可以造假。

接下来问题又来了，小羊羔死活不愿意让她直接离开，说什么得知恩图报，要请她喝奶茶。

女人嘛，一个月总有那么三十天是在减肥的，奶茶这种罪恶的东西坚决不能碰。之后二人协商决定，奶茶就算了，小羊羔掏腰包请她玩点别的娱乐项目。

但是当小羊羔把她带到旋转木马前的时候，清一的内心是绝望的。

"能不能换个惊险点的？你都成年了，大哥。"清一皱着眉头。

小羊羔倒是思考了好久，才下了什么决心一样，拉着她往旁边的小路走过去。

于是，清一就在小羊羔的带领下，玩了碰碰车。

回到酒店，清一还是不敢相信自己一天都做了什么莫名其妙的事情，先是陪着他坐了碰碰车和旋转木

马，之后又一起去看了场极其无聊的科幻电影。

而这一切，小羊羔美其名曰报恩。

最后小羊羔主动要求送她回酒店，还扭捏地要了她的联系方式，清一二话没说就把自己亲爸的电话号码留了下来，还特意给自己编了一个"时尚"的名字——"鸭蛋"。

"鸭蛋，我叫林鸭蛋。"清一因为碰碰车的事情没好气地看着小羊羔。她觉得小羊羔的样貌是人间极品，可是这种花美男只可偶遇不可亵玩，所以当成过眼云烟就好。

他这恩算是报了，清一好不容易盼来的一天假期也算是彻底糟蹋了。

只不过，清一回到公司的第一天，事情又不太对了。

先是公司上上下下都在说新来的平面模特长得那叫一个我见犹怜，说是卷发加大长腿、丹凤眼，标准的"韩国欧巴"脸。

这描述怎么听怎么觉得有些熟悉，就在清一终于说服自己世界上不会有那么巧的事情之时，新模特登场了。

果然是小羊羔。

当时清一差点找个地缝钻进去，可是该来的还是

躲不过，就在她想尽办法钻入人群的时候，小羊羔隔着老远冲着她喊："鸭蛋！"

于是，全公司都知道清一这个响当当的名字了。

"鸭蛋，我打你电话总是个大叔接，他说他家没有叫鸭蛋的，还骂了我一顿。"小羊羔委屈巴巴地跟在清一的后面。

清一想起爸爸那个暴脾气，估计小羊羔被骂得不轻。想到这里，她也算是解气了一些。

只不过，接下来小羊羔的一句话让清一顿时又上了火："鸭蛋，昨天我发现自己背上有一道抓痕，看起来是你那天抓的，挺狠的，你看起来不紧张，没想到还是有些害怕的，你也是第一次吧？"

这句话一出，立刻成功引起一旁八卦同事的注视，窃窃私语声充斥在清一耳畔。

清一一脸黑线，不知道该怎么回答。仔细想来蹦极那天她确实是抓了小羊羔的后背，但是那是因为他太紧张了啊，不抓住他，还真的怕他紧张死。

但是这话被他说出口好像就变了味道，那天……抓痕……第一次……

"你认错人了。"清一只想保住自己的"清白"。

然而这事在几分钟内就彻底传开了：摄影师清一和"小鲜肉"模特关系不清不楚。

而小羊羔似乎对这件事丝毫不在意，被同事问起来的时候还笑着回答。

同事问："你们那天挺刺激的吧？"

小羊羔回答："挺刺激的，我是第一次，多亏了鸭蛋告诉我该怎么做，不然真的紧张死了。"

问题没什么毛病，回答也没什么毛病，但是不知道为什么凑在一起就会让人联想到不好的东西。

清一一整周都在四处解释，她那天真的只是和小羊羔一起蹦极而已，没有任何事情发生。然而同事们依旧带着"我懂"的表情笑着点头，甚至部长还特意"照顾"清一，让她去做小羊羔的摄影师。

而小羊羔那边更麻烦。

第一次拍摄完毕之后，小羊羔主动提出要请清一吃饭，清一直接拒绝，随便指着街边的一个麻辣烫摊位说自己只爱吃那个，搞得小羊羔灰溜溜地跑去独自吃了那份预定好的双人西餐。

清一本来觉得"请吃饭"事件也就这么过去了，可是谁知道更大的麻烦来了。

每天中午一回到办公室，清一准能看到小羊羔拎着一份麻辣烫在等她。

她还想拒绝，可是小羊羔一副楚楚可怜的表情，

而且确实是自己说喜欢吃麻辣烫的……

她没想到小羊羔是那么死脑筋的一个人，她说自己喜欢吃麻辣烫，小羊羔就一连两周都送麻辣烫来办公室，搞得她看到麻辣烫就皱眉。

清一终于还是开口了："你觉得我最近有什么不一样吗？"

小羊羔："好像漂亮了一点。"

清一："你会不会觉得我越长越像麻辣烫了？"

经过这么一点拨，小羊羔终于放弃了麻辣烫，改送他自己做的便当。

清一倒是没有再拒绝了，因为小羊羔做的便当实在是很美味，而且每天都换不同的口味，比麻辣烫不知道强多少倍。

公司聚会那天，小羊羔好像喝了不少的酒，清一这个摄影师理所应当地担起了护送他回家的任务。

小羊羔的家不算大，但是整整齐齐的，一看他就是个乖孩子，可是就在清一把他放在床上准备离开的时候，手突然被抓住了。

"是不是我做的饭不好吃？"小羊羔因为喝了酒，声音显得格外委屈。

"不是。"清一看了一眼摊在床头柜上的食谱，

没想到这小子那么用心。

"那是不是我长得不好看？"

"不是。"

"那是不是我不够乖？"

"不是。"

"那你为什么还对我忽冷忽热的？"

清一语塞，还没来得及回答，嘴巴就被小羊羔一下子堵住，属于他的气息瞬间弥漫在口腔。

小羊羔一看就是没怎么接过吻的，磕磕碰碰，横冲直撞，还差点把清一的嘴唇给咬破。

"做我女朋友，好吗？"小羊羔放开清一的嘴巴。

清一点点头。

后来清一加了小羊羔的微信，看到了他的朋友圈。

小羊羔平时不怎么发朋友圈，但是在他们一起蹦极的那天倒是更新了动态："对一个女孩一见钟情了怎么办？急，在线等。"

附图是一张她在旋转木马上的照片，而下面有"热心群众"回复了一条："我认识啊，以前在同一个公司工作过，是 a 公司的摄影师。"

清一记得，这个热心群众是徐姐，以前在公司里工作过几个月，没想到她竟然也是小羊羔的朋友。

之后的一条动态是小羊羔进入公司的那天更新的。

小羊羔："成功进入公司，但是她好像不想承认那一天一起蹦极的事情。怎么追女孩？急，在线等。"

徐姐又回复了："看她喜欢什么，一直送就行。"

"所以你一直都是按照徐姐说的方法追我？"清一拿着手机质问小羊羔。

"嗯，有空一起请她吃次麻辣烫，我们能在一起得谢谢她才行。"

听到麻辣烫的清一再次皱眉："江辞，我觉得我怀孕了。"

"真的吗？"小羊羔好像很开心。

"医生说怀的是麻辣烫。"

将军，你这是扮猪吃老虎啊

十年前，算命的小瞎子给一个魁梧的男人算过命。

当时她眯眼一瞧——嗯，高大威武，看起来不差钱。

于是她开始奉承："我掐指一算，你命好啊，将军命，未来会做将军的。"

小瞎子发誓，她就是随口一说，给别人夸高兴了混口饭吃而已，光是这个将军命，她都不知道对几百个人说过了。

可是，就因为这个，她被封官了，大官，当朝护国大将军的军师。

她拿着小竹竿，闭着眼睛被接进了将军府。

仆从告诉她，她有大福了，大将军当职第一天，就在全城找一个算命的小瞎子，他说十年前任何人都不看好他，只有一个小瞎子相信他，一定要找到这个小瞎子并且好好报答他。

这下小瞎子慌了神。

她从小跟着师父花言巧语哄人，举着半仙的旗号

不知道编过多少谎话，这一下子成了军师，凭她那三脚猫的功夫，一定会掉脑袋的。

于是，小瞎子转头就想离开。

谁知道后面传来一个声音："可算找到你了！"

小瞎子趁机眯着眼睛看了一下。

嗯，挺帅，就是脑子不太好使。

将军从后面径直走过来，狠狠握住了小瞎子的手上下摇摆："神仙啊神仙。"

小瞎子："停停停。"

将军愣住："是不是我这种凡人不能碰神仙的手？"

小瞎子揉了揉自己的手："那倒不是，但你快把我的手捏断了。"

将军有些不好意思地收回手，回味了一下。

神仙的手，好嫩好滑啊。

于是，小瞎子就这么在将军府住下了，当天晚上，将军就端着好酒好菜来算命。

将军："神仙，你说我命里还有什么啊？"

小瞎子抱着鸡腿啃着，随便应付了一句："你明天有血光之灾。"

将军皱起眉头。

小瞎子才不管这些,她早就打算好了,吃饱这一顿，明天一大早就换回女装偷跑出去，让这个傻大个再也找不到她。

第二天一大早，小瞎子脱掉了算命的袍子，把头发披散下来，然后拎着自己的小包裹准备溜出去。

谁知道，她被逮了个正着。

将军正好推开门，两个人对视。

将军："姑娘，你和神仙怎么长得那么像？"

小瞎子："我实话告诉你吧。"

将军："你是神仙的妹妹吧！"

小瞎子心想：这将军英俊潇洒，但是脑子是真的让人不敢恭维。

小瞎子："将军说得没错。是的，我今天来看看哥哥，他去买东西了，没带钱，我去送。"

说完，她拎着包就往外走。

身后的将军道："好的，今天中午有鸡吃，让你哥哥早点回来。"

小瞎子迟疑了。

鸡。嗯，不如晚上再逃走也不迟。

于是小瞎子到外面溜了一圈，换回衣服，又回了府。

饭桌上，小瞎子又抱着鸡腿啃着。

将军："神仙，你真的说对了，我今天真的有血光之灾，你可真的是神仙啊。"说完，他举起自己的右手。

小瞎子悄悄眯起眼睛，看到了他指尖比头发丝还细的一道刀口。

将军："我今天切鸡的时候划到手了。"

小瞎子差点没噎死。

这都行？行吧，好歹她暂时不用出府了。

在将军府的日子可真是潇洒，无论小瞎子做什么，将军都是百依百顺，陪她吃饭、放风筝、斗蛐蛐。

只不过，这将军有个毛病，动不动就喜欢问："神仙，你家妹妹什么时候再来看你啊？"

小瞎子："她……她去洛城了，暂时不回来。"

洛城是隔壁的城池，她瞎编的，应付将军的。

将军似懂非懂地点了点头，然后走了出去。本以为事情躲过去了，谁知道将军很快又推开门进来了，而且这次手上拎着个包裹。

将军："走吧。"

小瞎子："去哪儿？"

将军："去洛城找你妹妹。"

小瞎子无语。

虽然现在是太平盛世，但是小瞎子还真不知道，这个大将军怎么就那么闲。

于是小瞎子又连哄带骗："你这些天不宜出门，我算过了，真的。"

将军："哦。"

小瞎子这才松了一口气。

将军："唉，那也没办法出府买鸡了……"

小瞎子："别，鸡还是能买的。"

将军："现在神仙都那么随意了吗？"

小瞎子感觉自己要露馅了。

将军："神仙果然是神仙，随意起来都那么帅。"

小瞎子无语，心想：他这偶像滤镜也太重了。

到了晚上，将军又跑来算命，这次还钻进了小瞎子的被窝里。

他裹着被子，露出个脸："神仙，你帮我算算姻缘呗，帮我算算我和你家妹妹有没有缘。"

小瞎子觉得自己脸有些烫，然后说了一句："这事不太好算，我得慢慢算。"

本意是让她仔细想个几天，谁知道……

将军："好嘞，你慢慢算，我今晚在这儿等。"然后他抱住了小瞎子，闭上了眼睛。

小瞎子瞬间不敢动弹了。

一整个晚上，小瞎子都没怎么敢睡，身体僵硬地挺在将军怀里，直到天明。

将军醒了，第一句话就是："神仙，你们神仙抱起来都那么舒服的吗？"

小瞎子脸红到了耳根。将军被她轰出了门去，仆从连忙走过去送衣服。

仆从："将军，什么时候告诉她你早就知道她是女儿身？"

将军看着紧闭的房门笑了一下："再逗逗她吧，看她怎么圆妹妹这个谎。"

小瞎子夺门而出："好啊，你一直在骗我。"

将军又笑了："我知道你在偷听。"

小瞎子："你你你……"

将军一把搂住她："我院里向来不缺军师，缺的一直都是将军夫人。"

小瞎子感觉自己的智商受到了碾压。

将军第一次见到小瞎子就知道她是个姑娘，而且还是让他怦然心动的姑娘。

既然心上人说自己是将军命，那他就努力当上将军，再把她接回来。

小瞎子："你这是扮猪吃老虎！"

将军："所以，你愿意从军师转职将军夫人吗？"

小瞎子："我得考虑考虑，这可是大事，而且还关乎我的面子……"

将军："每月十只鸡！"

小瞎子："成交。"

奶　糖

程归远总是爱穿一件白色的衬衫，左手握着一支画笔，站在草坪上的画布前细细勾勒。

这就是女生们口中的，整所大学最美的画面。

他一直那么受女生欢迎，向他告白的女生更是数不胜数，但是程归远一个都不感兴趣，甚至外界还传他喜欢的根本就是男人。

何初刚入学的时候是不认识程归远的，顶多就是在室友口中听说过那么几次他的名字。

直到后来那次相见：剑眉星目，那张"人畜无害"的脸一下让她愣神了片刻，也就是那么一瞬间，她手中的颜料，准确无误地洒在了程归远的白色衬衫上。

她红着脸替他胡乱擦了半天，最后索性低着头小声地道歉，主动提出将衣服洗好了再送回去。

可是当她将衣服拿回宿舍用水一洗，颜料却一下子扩散到一发不可收拾的地步，直接将整个衬衫都改变了颜色，还微微有些变形，白衬衫就这么变成了花

衬衫。

　　而将衬衫送回去的时候，何初再次犯了难：她把记着程归远寝室号的卡片弄丢了，现在根本不知道他住在什么地方。

　　她从小到大都马马虎虎，也因为马虎而惹了不少的麻烦，现如今更是只能凭着记忆中的几个数字，拼凑成不同寝室号，去敲门询问。

　　直到天黑，何初还是没能找到程归远的身影。

　　而第二天，程归远是自己找上门来的。

　　他说："同学，昨天你问了那么多寝室，现在全校都知道我的衬衫在你那儿了。"

　　何初的脸一下子红了。

　　从那天开始，学校里便传了不少何初和程归远的绯闻。也不知道从什么时候开始，何初的目光总是不知不觉地往有他的方向看上几眼，甚至为了他，鬼使神差地报了绘画社。

　　何初没有任何美术功底，到了绘画社也就只有端茶送水的份，可是就算是这样，能够看着他，何初也心满意足了。

　　何初真的喜欢上了他，这个沉默寡言、拒人于千里之外的程归远。

　　何初知道喜欢他的女生不胜其数，也知道室友天天苦口婆心地劝自己都是一片好心，可是她就是执迷不悟，不撞南墙不回头。

他爱吃糯米糕，她跑城外拎了三袋子回来；他要绘画，她就不厌其烦地坐了一整天为他做模特……

就算是南墙也得撞破了吧，可是何初撞了整整三年，他还是无动于衷。

那晚她喝了很多的酒，在宿舍里躺着，窗外的动静让她起身查看，却望见了操场上那用蜡烛摆成的巨大爱心，而爱心的正中央是她的名字。

有人在向她告白。

可是何初还是鬼使神差地拿出手机打开了程归远的聊天界面，借着酒劲发了很多东西："喜欢你的女生一个个放弃了，就我是死脑筋，还整天围着你转。今天有人向我告白了，我到黄河了，也撞了南墙了，也准备放弃你了……"

何初抬头，抿着嘴巴不让自己哭出声音。终于还是要放弃了吗？就算她不会答应向自己告白的人，但是追程归远这么傻的事情，她也不想再做了。

过了片刻，她收到了程归远的回复："麻烦你看一下告白的人再发绝交短信。"

何初向楼下望去，正巧看到了在烛光正中央站着的程归远，而他手中抱着的是一束用奶糖做成的花。

程归远说："你追了我那么久，告白总得我来吧。"

在拿到那束奶糖的时候，何初的眼睛泛着泪光：

九块钱

她喜欢吃奶糖，而且从小身上便带着淡淡的奶糖香气，没想到这些程归远都记在了心上。

自从何初可以正大光明地跟在程归远身后，她便如影子一般寸步不离。

渐渐地，程归远身上也沾上了淡淡的奶糖气息，整个宿舍都在说："想知道程归远今天有没有抱何初，只要闻一闻有没有奶糖的味道就够了。"

当然，程归远身上没有一天是不带奶糖味道的，甚至有一次，室友在聊天的时候闻到了从程归远嘴中散发的奶糖香气，只是后来被他瞪了两眼，不敢再说出来了。

但是何初怎么都没想到，她和程归远吵架了，而且吵得很凶：大学毕业，他们在两个不同的城市中工作，一些鸡毛蒜皮的小事堆积在一起，最终导致了谁都不理谁的情况。

何初一气之下发了句："分手吧。"却没有等到他的回复。

整整两个月，两个人都没有任何的联络，而这个时候程归远却发来了一条信息："来参加婚礼吧，邀请函给你寄过去了。"

何初一直都知道程归远这样的男人很是抢手，但是没想到仅仅两个月时间他们的关系就彻底被另外一个女人钻了空子。那晚她哭了很久，拿着包就跑去了机场。

她还是离不开他，或许这场游戏，她从始至终都是弱者。

到了婚礼现场，何初却怂了起来，迟迟不肯进入。她从未想象程归远站在别的女人身边、穿着西服的样子，也不敢想象。

可是当她进场的那一瞬间，周遭的音乐响起，对面灯光突然亮起，程归远站在灯光下，周围摆满了奶糖，单膝下跪，看着她道："千里迢迢，你来都来了，不如顺便结个婚再走吧，我的新娘。"

何初狂奔过去紧紧抱住了程归远，道："你就知道耍我，从大学就是这样。"

程归远将下巴抵在她的发丝上："那你可做好心理准备，我欺负你的日子，还有七八十年呢。"

这世间最美好的事情莫过于，我心动时，你刚巧回眸。

纸　伞

城墙脚下有位怪老者，年过半百，独自一人，以卖画为生，所得钱财不用来享受却用来收纸伞。

更怪的是，他并不买下纸伞，只要有人拿着画有鸳鸯的纸伞来给他瞧上那么一眼，他就会付银子，随后那人便可以将伞拿回去。

因为有银子拿，前来送鸳鸯伞的人自然多了起来。

直到有位青衣老人拿着伞来到画铺，在撑开伞的那一瞬间，老者手指颤抖地抚摸上去，老泪纵横。

青衣老人缓缓坐下道："这伞中的故事想必前辈会有兴致听上一二……"

故事中的男人叫苏九，女人名为洛叶，青梅竹马说的便是他们这样的。

苏九幼时便立誓此生必要金榜题名，然后十里红妆，娶洛叶回家，每夜寒窗旁、红烛下，相伴之人一定是一身青衣的她。

每逢佳节，苏九都会将从河岸边买来的糖人送给洛叶，他说过，此生若是负了她，三生不得为人，来世只做她枕边花、裙下草。

在苏九入京赶考那年，洛叶含泪将他送到了石桥旁边，递出了那把画了一宿的纸伞，伞上的鸳鸯栩栩如生。

她说："我不要十里红妆，只要你回来娶我。"

女子本应矜持，不该讲出这般话语，可是在他面前洛叶顾不得这么多，想到分离，她的心总是会如针扎一般难受。

他接过纸伞转身而去，只是洛叶没曾想到，这一别就是十八年。

月色之下，楼阁轩窗里，她整理着那乌黑的秀发，拒绝了前来提亲的名为青山的男子，只为等苏九来实现他的诺言。

那河岸旁的糖人她吃在嘴中，再也没有苏九递过来的那种甜味。

可惜她等来的却是天下换主的消息，她从未想过那弄得百姓人心惶惶的叛军首领竟然就是她的苏九。

他说他去科举，却起义，打了十几年的仗还当了皇帝；他说他会回来娶她，却在宫廷之中纳妃娶妻。

洛叶是个傻姑娘，傻傻地相信着负心汉的誓言，只身一人到了宫墙外，却连他一面都不曾见到，纵然喊破了喉咙也无人应答。

而城边一把被丢弃的破旧纸伞，让洛叶放弃了最后的一丝执念。

青山至今也忘不了在客栈看到的洛叶悬梁自尽时的场景，那冰凉的尸体让他绝望。

青山对洛叶一见钟情，谁知她早已心有所属，只好寸步不离地守在她身后，但还是阻止不了那负心汉伤了她。

青山回到了那阁楼，一把火烧光了所有回忆，只背着一把伞离去。

故事很是凄惨，青衣老人话毕，递给老者一个糖人。

那糖人的形状是一双男女对视着，老者轻轻抿了一口，发现糖人不是甜的，反透着苦涩。

老者说："我也听说过关于这把伞的故事……"

故事的开头和青衣老人讲述的一样，两人青梅竹马之谊，少女含情脉脉送少年进京赶考。

只是少年到达京城之时，无意间得罪官员而失去了本该有的被举荐资格，在京城住了三日，钱财尽失，

只得住进贫民窟。

少年这才得知，原来皇帝根本不是他想象中的明君，皇帝荒淫无度，百姓苦不堪言，赋税之重让百姓几乎难以维持生计。

少年认识了一位名唤阿卢的公子，他谋划起义多年，也将皇帝的种种罪行告知少年，少年年轻气盛，自然是义愤填膺。

谁知这仗一打就是十八年。

少年每次经过那个有她的地方，都会忍不住落泪，他铮铮铁骨，就算铁枪刺入胸膛都不曾含泪，却终究躲不过一个"情"字。

他带队作战不顾全军的反对，执意绕过了有她的那座城，多行了数百里的路，只为能够不让她被战火所伤。

他知道自己不能与她相见，因为战场太过危险，他不知自己能否给她那份幸福。

战争结束，作为将领的少年本该登基，他却让一起作战的阿卢做了君主，因为阿卢不得民心，所以让阿卢用了他的名字。

谁承想阿卢为了永绝后患竟然起了杀意，少年身受重伤，昏迷不醒，醒来后发现自己被丢在了乱葬岗，身边没了那把这么多年来一直相伴的纸伞。

他连夜奔波跑回了家乡，见到的却是一座被火烧得残破不堪的阁楼，所有人都告诉他，等他的那个姑娘死了，死在大火里。

男儿有泪不轻弹，他却守在阁楼下，看着那做糖人的老伯，泪流了三日。

少年回去找那把纸伞，却根本寻不到，那是她留下的所有记忆，就算找一辈子他也要将伞找回来。

"苏九，你是说你没有负了洛叶……"那人拍案而起，一掌打掉了老者手中的糖人。

老者就是苏九，那个寻了洛叶一辈子的"负心汉"。

"你就是青山吧。"苏九眼神有些空洞，他从未想过那半故事是这般，"今日你来寻我，不过就是为了报仇，谢谢你帮我照顾了她。"

苏九捡起那糖人，嘴角微微上扬，眼中却流下泪水。

"现在还来得及，糖人上的毒还没有侵入全身，走，随我去医馆！"青山抓住苏九的手，却被他甩开。

"找到伞了，我也该去了。"苏九看着伞上的那双饱经沧桑的鸳鸯，笑得苦涩。

他许了她十里红妆，时间却将两段故事全然隔开。

苏九嘴角渗出血，怀中抱着纸伞，闭上了眼睛。

数年后的京城，被城外开着花的木棉树所环绕，所有人都在惊叹这份美好，却无人知道这是苏九在世的那几年拼命种下的树苗。

　　木棉花开，十里红妆，他和她却再也望不见彼此，也实现不了多年前的那个诺言。

牡　丹　醉

"婆婆，婆婆，今日讲什么故事？"

"今日来个《牡丹醉》。"老太婆勾唇，声音带着沧桑。

山上不知何时聚了一群长相凶神恶煞的山匪，烧杀抢掠无恶不作，但是个个都武艺高强。山匪队伍越来越大，为首的刀疤脸在西凉山占地为王。

刚刚登上皇位的皇帝愁眉不展，每日为此发愁，但奈何国力不足，只得感伤。

刀疤脸无论打哪，都会满载而归，他粗犷手臂上的双绳铁锤就从未让他输过，再加上他本就生得人高马大，自然是战无不胜。

在路过一家酒家时，刀疤脸酒瘾犯了，让弟兄们把装满了东西的马车放在了路边，自己钻进了酒馆。店内只有两人，一个弓腰驼背的老头，一个眉清目秀的小姑娘。

那姑娘年岁不大，一双大眼睛好生水灵，两个羊角辫在秀气的头上显得格外活泼，一手端着酒水，一手拿着抹布。

老头倒是有些害怕，动作很是拘谨。刀疤脸也是凶猛惯了，到店内拍着桌子道："来，给大爷来五碗烈酒，不辣到爷的舌头，爷就提个头走。"

老头听到这话一哆嗦，小姑娘却扑哧一声笑了出来，一手掩住嘴，笑声如银铃般清脆悦耳，一开口，声音也是动听。

姑娘道："你这络腮胡子怎么来这儿讨烈酒？我们家卖的可是牡丹酒。"

望着姑娘那笑，刀疤脸竟一时失了魂儿，但很快也就回过神来，不端正地坐在椅子上，将锤子一放，大喝一声："拿酒！"

那一晚，刀疤脸在那酒家喝了一宿，他这辈子没有喝过几口清酒，一直都是拿烈酒解愁，没想到牡丹酒也是这样香甜。

特别是那小姑娘在一旁和他聊牡丹酒的制作方法，偶尔还会轻哼几曲，这酒喝到嘴里就变得更美味了。

夜深，外面的弟兄们睡去了大半，刀疤脸不嗜睡的一个人，今夜竟也如此疲惫，缓缓趴在桌子上睡去。

谁知一睁眼，刀疤脸便看见火光冲天，酒家的木头桌子很快就被点燃，挥去头上的那根木头，就看见

了火光中的小姑娘。

小姑娘手拿一盆水，满脸黑漆漆的，但那双眼睛依旧灵秀。

"跟我走，快点。"小姑娘拉着刀疤脸的手，朝着酒家的小暗道走去，暗道入口就在后院的墙边。

这次火灾不知起因为何，只是烧坏了酒铺，也烧死了刀疤脸很多兄弟。

刀疤脸的腿也因为烧伤而落下了残疾，左腿行动从此不方便起来，拿着大锤有些吃力。

再次回到山寨的时候，刀疤脸带着小姑娘，拖着残疾的左腿，身后跟着几个幸存下来的弟兄。

小姑娘在山寨住下，刀疤脸爱喝那牡丹酒，她日日都酿。每次刀疤脸准备下山的时候，小姑娘都会在他的锤子上面系上几坛子牡丹酒，说是会保佑平安。

日落之时，小姑娘定会在山寨外的墙角处托着脸看着山下的小道，等待着刀疤脸的到来。每次看到高大的身影在暮色下缓缓走来，小姑娘就会狂奔过去抱住刀疤脸，然后一下跃到他那厚实的肩膀上，让他背着自己走过那段路。

而刀疤脸总是叹口气，道句"淘气"，却从来都不拒绝。

山寨里的人都看出来大王对小姑娘倾心，因为他看着小姑娘的眼神都好像月光一般轻柔，每到夜里，他总会去小姑娘的房间，为她拉一拉被子，遮挡风寒。

深冬的时候，因为山寨里没有干燥的柴木，刀疤脸就把自己房里一直珍藏的桌子劈成了块，点燃了放在小姑娘的房里。

小姑娘问过："你为什么对我那么好？"

刀疤脸只是说："我还得喝你的牡丹酒呢。"

可是山寨里的人并不是很喜欢小姑娘，因为他们都怀疑这小姑娘是朝廷的内奸。他们倒不是平白无故地这么说，而是自打小姑娘来了以后，山寨的所有安排朝廷都好像了如指掌，好几次朝廷的进攻，都让山寨损失惨重。

小姑娘生辰时，刀疤脸把她带去了后山的一片草地，两人就那样静静地看着星星。

小姑娘说："我要真的是朝廷的内奸怎么办？"

刀疤脸笑了下，但是没有回答，只是指着远方的一棵大树讲道："若是朝廷出兵，你觉得我们山寨要败了，就从那条小道逃走。"

小姑娘低垂下眼睑，问他为什么会讲这些。

刀疤脸把牡丹酒一饮而尽，嘴角无奈地上扬，道："你昨日不是把山寨的部署图寄出去了吗？朝廷这次怕是会动用大批的兵力，我怕我守不住了。"

小姑娘愣住了，手里的花手绢也掉在了地上。

原来，他一直都知道，小姑娘就是朝廷的内奸。

刀疤脸又道："傻姑娘，牡丹酒可是朝廷的特贡酒，平常人家哪有姑娘会酿？还有那次在酒铺，是你下的迷药吧，不然我怎么会睡得那么熟。"

小姑娘哭了，秀气的脸蛋梨花带雨，她紧紧抱住刀疤脸，只是说着"对不起"三个字。

刀疤脸摇了摇头道："我不怪你，你也没办法。况且，当初你不是选择了救我吗？我知道你的身份，当今皇帝老儿的妹妹，昭笙公主。可是皇帝无情，我不确定他利用你之后会不会杀人灭口，所以才告诉你这条小道，以防不测。"

小姑娘已经哭到不能言语。

她的确是朝廷的公主，也的确是皇帝让她来除掉山匪。她也明白，皇帝的心头大患是山匪，但同时皇帝也要除掉她这个知晓皇帝如何登上皇位的妹妹，这是一箭双雕之计。

国不能负，她必须这么做。

天色冒出红晕，而寨子外面也传来了军马的声响。刀疤脸笑了笑，只是告诉小姑娘："要是有缘，真想再喝一次牡丹酒。"

小姑娘没有从暗道跑走，而是跟在刀疤脸身后去了战场。

那日山寨输得很惨，因为所有的部署都被朝廷知晓。皇帝成了百姓的大英雄，而刀疤脸和他的弟兄也就此不知去处。

"婆婆，那小姑娘死了吗？刀疤脸是不是也被朝廷捉走了？"小孩子急着问。

"你猜。"老太婆笑了下，嘴里抿着牡丹酒，眼中带着柔情看着远处店门口躺在椅子上的白发老人。

老人的左腿赫然有着烧伤。

孩子们没能听到故事的结局，怏怏地跑开。

那白发老翁起身，走到老太婆身旁："你怎么把这牡丹酒都分给了那些毛孩，我怎么办？"虽是责备的话语，却带柔情，他臂弯一挽，揽老婆婆在怀。

东篱把酒黄昏后，有她在君袖。

九块钱吧 $

（真实恋爱小甜事）

真实恋爱
小甜事

（有句话说得好，真实的"狗粮"吃起来最香，
让我们来看看那些现实生活中的甜蜜吧！）

峰哥的阿璇："我们两个人一起坐在沙发上看电视，然后突然我就想学抖音上那种视频，给他吃草莓尖尖，结果我递给他他不吃，我就想自己吃了吧，可我刚放到嘴里他就过来吃掉了，然后说，'知道我为什么不吃了吗？因为我想吃的是这个。'"

与赫赴月_："毕业时，大家在校服上签名，他偷偷签在我心脏上了。"

九块钱0531："那天我有事没怎么看手机。他十一点多跟我说睡觉了，我过了一个小时回了他的信息，发现他还没睡。

我说，'你不是睡觉去了吗？'他用超级委屈的语气说，'你干吗去了呀？那么久不理我，我一直在等你的消息啊，没和你说晚安，哪里敢睡觉。'"

小星溜走了："第一次见面的时候，他和他室友站在路对面，我疯狂给他发消息描述我的外貌。他很淡定，都不抬头看我。我走到他面前的时候，他说话声音小小的，我生气直接走掉。后来他室友发了那天的视频，他一直在说很紧张不知道该怎么办。我走后，他飞奔回宿舍，一米八的大高个激动得蹦蹦跳跳，说，'我要有女朋友了！'"

纯姐："他每次打伞，伞全都在我头上。我'姨妈期'的时候，

他傻里傻气地买了一个特别贵的暖宫袋。前几天，我把手机摔坏了，找他抱怨，结果第二天他就买了新手机邮了过来。"

欧氣变满光波："互相暗恋的时候，每次他接热水的时候都会给我接满，然后特意拧紧，让我找他帮忙，他再假装不情不愿地帮我拧开。还有我胃不好，吃饭吃不多还总是饿，都自己准备小零食，饿了随时吃。结果有一次我忘了提前准备，饿了，问他有没有，他满脸骄傲地掏出一块脆脆鲨说，'早就备好了，就等你找我要了。'"

喝奶茶的君君："前几天刚发现，他的网易云音乐名是love加我的英文名。"

流生机："圣诞节的时候，我收到了礼物，包装里三层外三层，空隙还被填满了糖果，这可能就是女孩子的可爱吧。"

柠檬在做梦呐："这是我和他在一起第六年，婚后第三年。我最近有点感冒，半夜咳嗽了一声，他眯着眼睛翻过身，轻轻拍着我的背，然后把被子往我身上一卷，紧紧抱着我睡着了。"

白昼苏打水："我和他是高中同学，不同班。我开始对他有点好感的时期，某次他在围墙边偷偷买了两根校外小贩的糖葫芦，我碰巧看见了但是没多想。午休下课的时候，我打开抽屉想拿书，看见抽屉里就躺着一根他刚才买的糖葫芦，是他托我同班同学悄悄放的，我那一整天都是甜甜的。"

半岛皈依："校运会的时候下雨了，篮球赛不得不暂停，他问，'冷吗？'篮球队队长在他旁边说，'没事，不冷。'他，'没问你。'然后看着我继续问，'穿裙子冷吗？'"

石淑颖："圣诞节，他看抖音看见有人用水果做成圣诞树的样子，就去扫荡了校门口的水果店，用牙签一点一点扎，但是忘记了我有晚自习，那个东西又没有办法放在哪儿，他就一直举着，等我下课，可怜巴巴的。"

是你的陌澈吖："大一在另一个校区排练节目到很晚，经常走的那个门锁了，只能找了个开着的门出去。当时一片漆黑，出去后迷路了，他（学长）跟我说他开了闪光灯让我找他，然

后我就看见一片漆黑里他的闪光灯像小星星一样跳来跳去的，我朝他跑过去，他一把把我抱进怀里，揉了揉我的头，然后温柔地说，'走吧，我送你回去。'"

木头和马："当时我有个凶巴巴的后桌，我超级怕他，因为我见他吼过女同学。我们换位到窗边的时候，他老是把窗户打开，可能男生体热吧。我特别讨厌光亮，可我又不敢跟他说关窗，只能频频往后转。他好像发现了，默默把床帘拉上，面无表情地跟我说，'好了，认真听课吧。'"

七像："暗恋的人。体育课他打篮球，我也在，下课后他

朋友帮他买水，我应该是走远了一些，不知道为什么他朋友送完水又拿着一瓶饮料来给我，我真的一脸蒙，他朋友说，'×××给你的。'"

树莓杏仁饼："我和他在一起后，发现他有个专门的相册，里面放的都是我的照片。"

小情的动物管理员："她晚上和我打电话，唱歌哄我睡觉。唱了半个小时，她停了，但是没立刻挂电话，怕那个挂电话的声音吵到我，等了五分钟才挂电话。"

六元糖糖酱："一次家里没有人，我也不想做饭，就给他

发消息说好饿。他立马去超市给我买零食送过来，有好多抹茶味的好丽友，还有旺仔牛奶、曼妥思、饼干等。那会儿在一起没多久，他进我房间会害羞。他抱着我打游戏，我喂他吃好丽友。我躺在他腿上，他一直捏我脸说我脸好软。"

长腿晶阿："路走了一半下雨了，他说让我等他一下，然后就把我安排在了屋檐下。我记得很清楚，耳机里放的是一首很温柔的蓝调。过了一会儿，他拿着把伞跑过来了，其实我更想和他一起淋雨。"

琦仔想要喝奶茶："半夜做噩梦被吓醒，一直哭，迷迷糊糊间给他发消息，他立马安慰我说，'没事，没事，我在呢。'

后来才知道他的手机一直开声音、开振动。只要我找他，他一定在。”

拿你书站后面_：“有一次我们俩去食堂吃饭的时候，路过学校广场，刚好有个什么社团活动，拉了个大横幅，写着'××大学变废为宝大赛'。他，'这说的不就是我吗？'我一脸问号。他，'我就是个废物，现在变成了你的宝贝。'”

明夜就暴富了：“跟男朋友刚在一起没多久的时候，第一次跟男朋友去清远漂流，我不会游泳，一直很紧张，漂流的时候，然后因为胖又头大，头盔没有戴稳，掉下去漂走了，我一直很害怕，因为很快就是下一个大转口了。男朋友一直很紧张地拆

他的头盔，在掉下转口的时候，他把头盔死死摁在我的脑袋上，那一刻我是真的想嫁了。"

牛奶不爱喝牛奶："前任是镜面人（身体器官左右颠倒）。他一直说，'拥抱的时候，是我们俩心最近的时候。'"

毛毛不静："我们在一起437天了，6月15日的时候，我说想去迪士尼，想看烟花看花车。他尽力在5天之内做好了功课，看了攻略，买好了6月20日的票就带我去了。"

Fuatri："有一次她和一个网友一起'开黑'，然后我就**特别生气**吃醋，还把情绪表现出来了，然后就一直心情很不好

地和她说话。她打完游戏后，打电话哄我，一直到凌晨一点多。后来呀，我觉得确实是我小家子气了。但是她哄我的时候，我的心都化了。有一个愿意哄我的女生，我觉得是我这辈子最幸运的事吧。"

欧氲变满光波："初恋，大学异地。他说为了显示我们俩都有对象，特意买了一对对戒，然后我想事的时候就爱抠戒指，不小心把戒指抠断了（银的），打电话找他认错，他第一反应问我有没有被伤到。"

小武从来不说话："高中的时候，我每天跟好朋友们一起吃饭。晚饭的时候，他隔三岔五给我点奶茶，还会顺便给我的

两个朋友每个人点一杯，希望她们对我好一点。"

Soumeryny："他会在春天给我买棒棒糖庆生，夏天给我买雪糕解暑，秋天给我买旺仔解馋，冬天把我的手放在他口袋里。人生中第一次的小惊喜是他带给我的，他会给有胃病的我做饭，会给冬天手脚冰凉的我买暖水袋，放学拿给我总是热的。大概就是事事有回应，件件有着落吧。"

一见成欢_21："平安夜的时候我们俩都在学校，没有礼物送给他，就给他削了一个苹果，他眼睛都是亮的。后来放寒假了，我跟他聊天，问他最喜欢吃什么水果，他说，'你削的苹果。'"

蜜桃乌龙奶糖："我冬天经常胃痛，所以会带个超小的热水袋。然后他每次看到我趴在桌上，就会拿热水袋去帮我装热水暖肚子。"

给鹿晗摘星："在大课间做操的时候，他的位置在比较前面，他就一直和别人换，在开始的前一秒站到了我旁边，转头看着我笑。"

悦某今天吃饭了吗："在一起之前和朋友们约好一起去看电影，可是我临时有事就没去，我的朋友都和我说他生气了，虽然他从来没和我发过脾气，可是他们都说他生气了。正好我

事情办完了，我就赶到电影院了，上楼的时候朋友都说叫我哄哄他。我刚到楼上，就看见他准备了奶茶和爆米花在等我，朋友们都惊了。"

T屠T："去年圣诞节他给我买了好多的礼物，有好吃的大白兔、各种口味的好丽友，还有带我照片的音乐盒。我很奇怪，明明他平常不是一个送超多礼物的人。我问他为什么，他说，'你室友的男朋友不是送了她最喜欢的口红吗？我也要送你你最喜欢的，别人有的你也不能少。'因为这句话，后来我不管多生气都没想过分手。"

-- 只想发大财："我们两个班之前拔河，我崴了脚，他就

说他们班跟他玩得好的几个男生说，'拔个河那么用力干什么，仇仇的脚都崴了。'（之前我们老师上课讲"仇"同"述"，有喜欢的意思，之后他就叫我仇仇。）后来他也不拔河了，带着我去校医室，怕我的脚不好走路，跟菜鸟驿站借了三轮车。哈哈，真是太可爱了！"

想追男神的老阿姨："我们是姐弟恋。我们认识了很久，真的熟起来是因为我每次都会找他问一些技术问题，不是我的电脑出现问题，就是我室友的电脑出现问题。后来在一起后，他告诉我他是计算机系的，但是只学编码，不学修电脑，哈哈！"

长日白鸽："我们俩不在一个班。他是很内敛的一个人，

刚在一起时，晚上下课老是不等我就走了，我就让他等我。当天晚上停电了，我们收拾东西摸索着出教室。我跟朋友边走边说话，突然手被拉住了。我回头在阴影中看到他倚在墙边，就那么看着我，像被丢下的小朋友一样，对我说，'你不等我。'我的心一下就软了。"

没有名字可用了啦："给我在 App 上点喝的，收货人写的'王夫人'。外卖小哥叫的时候，我脸都红了。"

小樱的基怒仔："第一次注意到他应该是我跑回班里面拿东西，他刚好跟同学从隔壁班出来，匆匆瞥了一眼，之后就是有意无意的关注，然后随风封印在青春记忆的盒子里。"

清清清清桁："我们还没在一起的时候，一起弄班级一份表格。我在女生宿舍收好了给他，他来楼下取，坐在自行车上单腿撑地。我把表格给他，他把他的书包给我让我打开，我掏出来了一盒旺仔，看看他，他说给我的，把表格收起来就走了，留我在原地，心扑通扑通。"

下辈子还能遇见路先生吗："他打游戏，没时间陪我。那时候我也经常看游戏直播，我提议他可以直播给我看！然后他就真的申请了一个直播！他跟朋友打游戏，我在宿舍看他游戏直播。哈哈，还拖累了他游戏网速，被他朋友吐槽。"

要长高的矮人儿："他有起床气，但是我晚上害怕了就叫他起来，他会立刻说，'宝宝，是不是做噩梦了？我在呢，不要怕哦，我一直在。'"

小孟："之前有天很想吃糖葫芦，于是发了条朋友圈，结果男朋友的妈妈立刻发了名为'糖葫芦'的红包，并且，这个时候我已经吃到男朋友买的糖葫芦啦。"

眉间月 33："我的卧室窗户正对着街道，过年的时候，在我家楼下，他放烟花给我看。"

AD钙有姬奶："虽然是网恋，但是他可以抛下一切过来我这边生活，过来照顾我。至今都记得第一个亲亲，冰冰凉凉的，向我飞奔过来的他真的很可爱。"

我是酥维鸭_："我特别喜欢给他转发一些甜甜的小故事（包括九先生写的小甜饼！），每次他看完都没什么感觉。有一次我给他转发完，我说，'又一次为别人的爱情流泪。'他说，'会不会也有人为我们的爱情流泪啊，我希望有。'现在我们在一起快一年啦！"

南山醋厂老板娘："他从不叫我多喝热水，都是倒好热水递给我，或是放在床头，监督我喝。"

腹黑萝莉琦琦酱："他躺床上玩手机，我问他，'你爱我吗？'他说爱。我逗他，'男人在床上说的话都不能信。'过一会儿我问他，'我好看吗？'他抬头看了我一眼，忽然从床上蹦起来站到地上，说了句'好看'，又光速躺了回去。我一脸蒙而他一脸傲娇，'你刚才不是说男人在床上的话都不能信吗？那我就不在床上说了。'"

　　拿你书站后面 _："他说，'我之前认为，毕业后就和这个大学没什么关联了，也没有什么特别的记忆，青春也就这样，没什么可留恋的，直到有了你。'"

全国不想上网课小组组长："我们每次出门玩，他都会送我回家再自己回去，尽管不顺路。"

别拿馒不当馒吃："我一直想穿汉服去滑冰，所以软磨硬泡拉他一起去滑冰。他技术比我好。结果我们俩拉着手一起滑的时候，不小心摔倒了，他当时下意识地直接垫在我底下怕我伤着，我爬起来以后，他还一个劲问我受伤了没有。过了一会儿我看他手不太自然，追问了半天，他才肯撩起袖子说，'就擦破了点皮，男孩子没关系，你没事就好。'"

风露立枝夯："想分享我们第一次见面的场景。那是一个天色渐暗的傍晚，他大步走来赴约的那一刻，天光乍现，我听

到心中花开的声音，暗自感叹学校怎么会有这么好看的小学弟。一年后，他毕业去了北京，止不住的喜欢终究胜过了千里距离。又过了两年，我考研二战终是来了北京。想来是很久后才知道，他对我亦是一见钟情。"

"这本收录的都是真实的恋爱故事投稿哦，听说每个人在遇到自己另一半的时候，身体里的浪漫血液都会飞速流转。相信每一对情侣都可以浪漫到白头！"